抽丝剥茧　侦破案情真相
千头万绪　辨析真话谎言

失火的玫瑰园

赵帅通 ◎ 编著

上海科学普及出版社

图书在版编目（CIP）数据

失火的玫瑰园 / 赵帅通编著 . —上海：上海科学普及出版社，2015.6（2021.11重印）

（辨图破案大侦探）

ISBN 978-7-5427-6372-3

Ⅰ . ①失… Ⅱ . ①赵… Ⅲ . ①故事 – 作品集 – 中国 – 当代 Ⅳ . ① I247.8

中国版本图书馆 CIP 数据核字 (2015) 第 014873 号

责任编辑：李 蕾

辨图破案大侦探
失火的玫瑰园
赵帅通 编著

上海科学普及出版社发行

（上海中山北路 832 号 邮编 200070）

http://www.pspsh.com

各地新华书店经销　天津融正印刷有限公司印刷

开本：787×1092　1/16　印张：8　字数：120 000

2015 年 6 月第 1 版　2021 年 11 月第 2 次印刷

ISBN 978-7-5427-6372-3　定价：29.80 元

本书如有缺页、错装或坏损等严重质量问题
请向出版社联系调换

目 录

1. 205舱的客人 …………………………… 1
2. 会骗人的藏宝箱 ………………………… 3
3. 羞涩的郁金香 …………………………… 6
4. 马特先生丑陋的胡子 …………………… 9
5. 丢失的打火机 …………………………… 12
6. 公园里的照片 …………………………… 14
7. 丢失的珠宝 ……………………………… 17
8. 艾文的证据 ……………………………… 20
9. 失窃的硬币 ……………………………… 22
10. 数学老师之死 ………………………… 25
11. 岔路口 ………………………………… 28
12. 一张秋天的照片 ……………………… 31
13. 失火的玫瑰园 ………………………… 33
14. 午时银行抢劫案 ……………………… 36
15. 邮票的去向 …………………………… 39
16. 绽放的昙花 …………………………… 42
17. 布朗先生的判断 ……………………… 44
18. 谁是纵火犯 …………………………… 46
19. 男爵之死 ……………………………… 49
20. 谁偷了彩票 …………………………… 52
21. 美丽的绯胸鹦鹉 ……………………… 55
22. 惊险的车赛 …………………………… 58

23. 珍贵的邮票 …………………………… 60
24. 混乱的照片 …………………………… 63
25. 美味的蛋糕 …………………………… 66
26. 机密的"伊莎贝尔计划" …………… 68
27. 神秘的保险柜 ………………………… 71
28. 神秘的蛤蟆集团 ……………………… 74
29. 他从隧道逃跑了吗 …………………… 77
30. 秘密接头 ……………………………… 80
31. 可恶的小偷 …………………………… 83
32. 布朗先生的方法 ……………………… 86
33. 威狼的尖锐牙齿 ……………………… 89
34. 谁威胁了克莱尔的鹦鹉 ……… 92
35. 为动物增加房间 ……………… 94
36. 最后的弹孔 …………………… 96
37. 画稿的错误 …………………… 98
38. 威狼的小房子 ……………… 100
39. 打开木门的钥匙 …………… 102
40. 吉列的谎言 ………………… 104
41. 克莱尔的方法 ………………………… 107
42. 钓鱼的侦探 …………………………… 109
43. 遗忘的密码 …………………………… 111
44. "杀人游戏" ………………………… 113
45. 红色小提琴 …………………………… 115
46. 威尼斯小艇 …………………………… 117
47. 会说话的明信片 ……………………… 119
48. 奇怪的眼镜 …………………………… 121

艾文

　　八岁,读小学三年级,常为自己的爸爸是私家侦探而感到万分自豪。艾文脑袋瓜活络,活泼好动,善于思考。虽然常常闯祸,但总能凭借自己的小聪明而免于爸爸的责备。

克莱尔

　　八岁,读小学三年级,艾文的同学、邻居兼好朋友。她自诩比艾文更有侦探天赋,但事实上胆小娇气,对艾文很是依赖。

布朗先生

伦敦市颇有名气的私家侦探,艾文最敬爱的爸爸。他沉默寡言,富有破案经验,擅长从一些常人不易觉察的蛛丝马迹中发现破案的关键线索,让很多坏人闻风丧胆。

威狼

一只受过严格训练的狗,时常在各个凶杀现场客串演出,威风凛凛,面相凶猛,可惜品种不详,是艾文和克莱尔的好玩伴。

1. 205 舱的客人

放暑假了，布朗夫妇带着艾文去马尔代夫度假。他们乘坐的"玛丽"号邮轮非常豪华，可是再豪华的船只只要在海上遇到特大风暴都会让人紧张万分。邮轮在风浪中东摇西晃，好像一只大摇篮，一会儿冲上浪尖，一会儿跌进浪底。乘客们都受不了啦，扶着栏杆"哇哇"呕吐。艾文紧紧地抱着爸爸躺在床上，布朗先生两手紧紧抓住床沿，才没有滚到床底下去。

一直到上午 10 点钟，风浪过去了，邮轮才渐渐平稳下来。船长立刻指挥水手检查邮轮的设备，服务员们也来到各个船舱，给乘客们送早饭。可是布朗一家人什么都不想吃，他们埋头继续

206 舱的人说："我刚才路过 207 舱，看见门开着，桌上有一个钱包，我拿了就溜，这时候听到枪响……"

我是一个作家,正在写一本侦探小说,出版商等着要。我写了一个通宵,刚才正写到紧要关头,忽然听到枪响。

睡。迷迷糊糊中艾文听到"砰"的一声响,他以为暖瓶摔碎了,谁知道,紧接着船长冲进来对布朗先生说:"发生了枪杀案,请您帮忙调查!"

被杀的是205舱的乘客,布朗先生从邻近客舱开始调查。通过乘客的供述,你能判定谁是凶手吗?

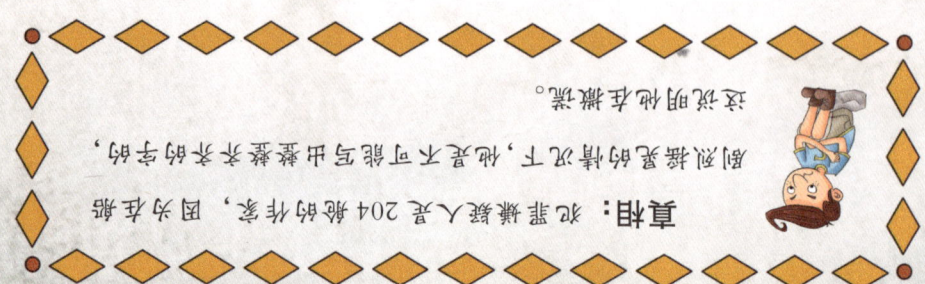

真相:犯罪嫌疑人是204舱的作家,因为在刚刚提到的情况下,他是不可能写出精彩开头的,这说明他在撒谎。

2. 会骗人的藏宝箱

这天,艾文、克莱尔和威狼到附近的公园去玩,威狼因为很久没有出门,显得非常兴奋。它突然蹿入了一个用栅栏围起来的废旧场地里,栅栏因为年久失修,刚好破了一个大洞,艾文和克莱尔为了追上威狼,也钻了进去。

不幸的是,他们在追逐中掉进了一个被枯草所掩盖的地窖里。这个神秘的地窖里到处隐藏着机关和谎言,只有拥有智慧的人才能够活着出去。

克莱尔非常害怕,吓得躲在艾文身后,一步也不敢动。

艾文紧张地环视着这个阴森的地窖，看见紧靠一堵墙的一具盗贼的骷髅和两只箱子，根据盗贼生前留下的字条，通过缜密的思考，艾文终于找到走出地窖的关键线索。亲爱的小朋友，你能够从中找到线索吗？

字条：桌上的财宝在B箱子里。请猜动下：
① 假设小纸条上的话是真的，则"B箱上的字都是真的，而且并宝在A箱。A箱的字都是假的，而且互相矛盾。"假设A在B假，则"B箱上的字都是假的，而且并宝在A箱。A箱的字都是真的，而且互相矛盾。"
② 假设A在B假，则"B箱上的字都是假的，而且并宝在B箱。A箱的字都是真的，而且互相矛盾。"
③ 假设A在B假，则"B箱上的字都是真的，而且并宝在B箱。A箱的字都是真的，而且互相矛盾。"……二者矛盾，所以并宝不在B箱。

3. 羞涩的郁金香

　　一场盛大的派对正在纽纶克豪华酒店的大厅里举行，布朗先生一家在被邀之列。艾文在派对上遇到了克莱尔，两个人正在喝果汁，忽然，听到热闹的人群里传来一声尖叫："天啊，我的钻石不见了！"

　　原来是著名的电影明星玛丽，她大声喊道："我的一颗价值连城的钻石不见了！我看到小偷跑上楼了，可是只看到他的背影！"

　　玛丽小姐拥有众多的影迷，很多年轻人都自告奋勇地要为玛丽小姐找回钻石，艾文和克莱尔也加入了他们的行列，大家立刻沿着楼梯往上搜。第一个被敲开的房间的住客是一位商人，他看上去风度翩翩。

　　"先生，你刚才在哪里？"有人问他。

　　"大厅里的气氛有点吵，我比较爱清静，所以就一直躲在房间里看书。"商人说道，"请问你们突然造访，有何指教？"

　　"不好意思打扰了，玛丽小姐的钻石被偷走了，我们过来寻找线索。"一个人向商人解释，"我们要把这个小偷找出来！请问，你有什么线索吗？"

　　"我刚才确实听到一阵脚步声，但是不确定是到哪个房间里去了。"

　　在商人说话的时候，大家环顾四周，果然看到桌子上放着一

本厚厚的书。

　　大家看没有值得怀疑的地方，正要去其他房间察看时，艾文突然说道："你在撒谎，看来你很有嫌疑。"

　　然后，艾文为大家指出了证据。

　　你知道是什么吗？

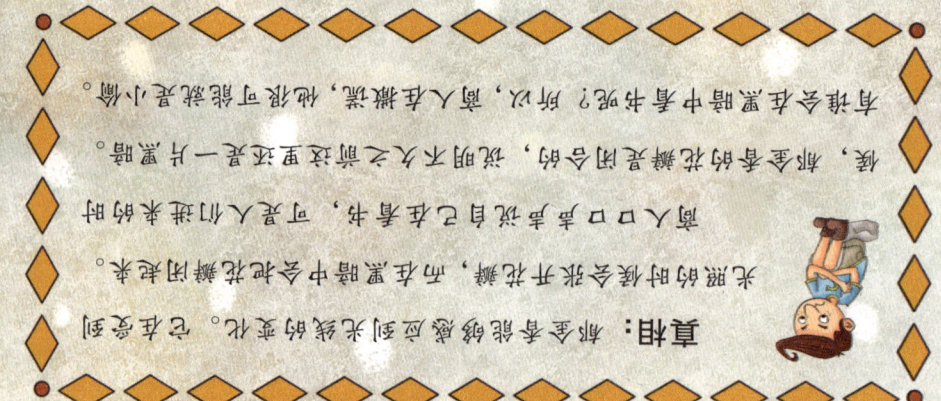

答相：他是冬天里来到卫斯理家的，这个季节是不可能看到梨花盛开的。当然也不可能由开花继而产生果实了，说明卫斯理先生撒谎了。再看看房间内的温度，那么冷的季节里人们会穿什么呢？所以，艾文断定，他谎称可能认错人。

4. 马特先生丑陋的胡子

这天晚上,艾文在自己房间里看电视。后来,他去上厕所,从书房的门缝里看到爸爸趴在书桌上睡着了。最近爸爸总是工作到很晚,都没有时间陪他。

艾文蹑手蹑脚地走进爸爸的书房,悄悄地拿起了他手边的案宗。

艾文看着案宗,很快了解了这个案件的经过:

昨天夜里刚下完一场大雨,著名的影星马特先生一早来到办公室,遭到沉重的打击:他几天前请人绘制的精美肖像画,在昨天晚上被人画上了丑陋的大胡子。马特先生很生气,立刻请来了著名的私家侦探——布朗先生帮他查找作案人。

马特先生对布朗先生说,他怀疑是他的竞争对手尼克先生干的,尼克曾扬言一定要破坏掉这幅画像。

布朗先生听完马特先生的陈述后,马上去了尼克先生的居所

拜访他,并且向他提出了质疑。尼克听了他的来意后,生气地说:"我整晚都躺在自己的床上睡觉,直到你敲门之前,我都没有踏出房间一步,怎么可能去作案呢?"

布朗先生一边听尼克先生的陈述,一边暗自用微型照相机拍下了尼克先生屋里的情况。之后,布朗先生将照片洗了出来,希望能够找出有用的线索。

一旁的艾文看着那张照片,突然发现了一个能证明尼克先生说谎的证据,你知道是什么吗?

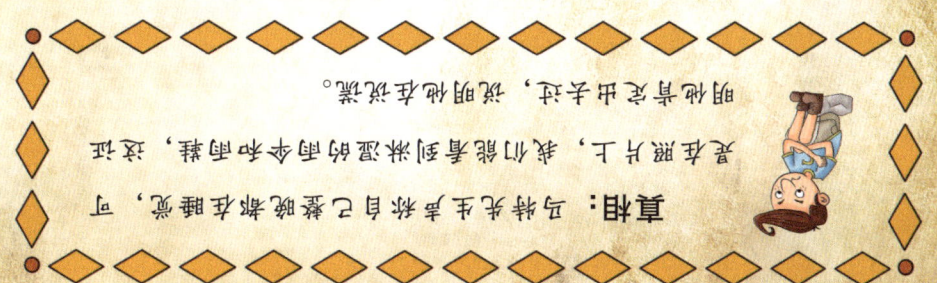

真相:尼克先生说自己整晚都在睡觉,可是在照片上,我们能看到墙上的电子闹钟,按照镜子成像的原理,说明他并没有躺着。

罗拉·史密斯　奥拓·布莱克　特奥·费斯　艾莉丝·索菲尔

5. 丢失的打火机

　　一个冬季的早晨,艾文带着威狼去散步,顺便帮爸爸买报纸。在回来的路上,路过邻居迪利先生的烟草商店时,看到迪利正激动地叫嚷道:"有人偷走了我的珍藏版打火机,这是我们店里最昂贵、最精美的商品!这一定是在早上八点到八点十五分之间发生的,因为那段时间我刚好不在店里,有个供应商过来送货,我在外面收货。"

　　艾文听了,就自告奋勇地说要帮助迪利先生抓住偷打火机的小偷。艾文逐一询问了在案件发生后十五分钟内出现在店外街道上的四个人。

　　罗拉·史密斯说:"我在店里只是看了一眼烟斗,就迅速离开了。"

　　奥拓·布莱克说:"我根本就没有走进商店,只是在店外看了一下就走了。"

　　特奥·费斯说:"我只是散步经过店门口而已,根本没有走进迪利先生的商店。"

　　艾莉丝·索菲尔说:"我和往常一样,到迪利先生的店里买

口香糖，因为他不在店里，我将钱放在桌子上就离开了。"

艾文听了他们的叙述，又观察了商店门口，很快就知道了谁是真正的小偷。你知道他是怎么判断的吗？

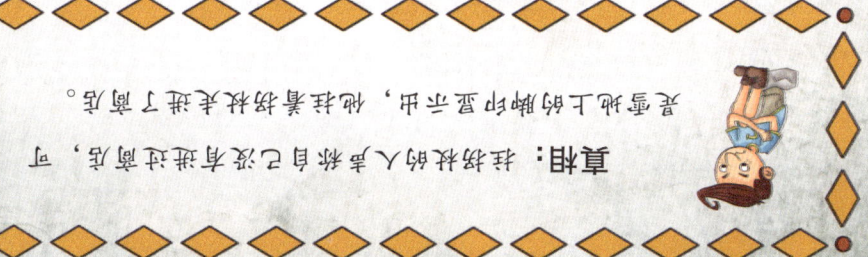

答相：把钱放在桌上的人是推贝自己没有进过商店，可是雪地上的脚印却显示出，他拉自果的走进了商店。

6. 公园里的照片

星期天，布朗夫妇带着艾文和威狼到伦敦市内的公园游玩。上午九点三十分时，天空突然下起了大雨，他们赶紧跑到亭子里去躲雨。这时，布朗先生的手机响了。

原来又有案件发生了，而且案发现场离公园很近，于是布朗先生迅速驾车来到了现场。这起案件的被害者是一个约七十岁的老太太。法医说，死者是在今天上午十点钟遇害的。

布朗先生向死者的邻居询问，了解到死者早年就死了丈夫，膝下无子，一个人生活。由于丈夫生前留下不少财产，她也算是这里的富裕人家。死者只有一个侄儿，名叫哈克，住在伦敦市内。

很快，警方通知了哈克，哈克到了现场。

布朗先生问哈克道:"年轻人,你知道你的姑妈被人杀害了吗?"

"知道了,警方刚才通知了我。恳请你为我姑妈报仇,尽早破案。"哈克十分伤心地说道。

布朗先生又问:"请问凶杀案发生的时候,你在什么地方?在干什么?"

哈克从外衣口袋里掏出了一张照片,递给布朗先生,说道:"凶杀案发生时,我正在伦敦市内的公园里游玩。这是我在那时所拍下的照片,在照片里可以清楚地看到,纪念塔上的大钟正好指到十点整。"

"年轻人,你不要耍小聪明了。"布朗先生看了照片后,蔑视地看着他,说道,"你的不在场证据是伪造的。"

艾文听到爸爸的话,好奇地拿过照片看了一眼,很快露出了轻蔑的笑容。

小朋友,你能找到其中的破绽吗?

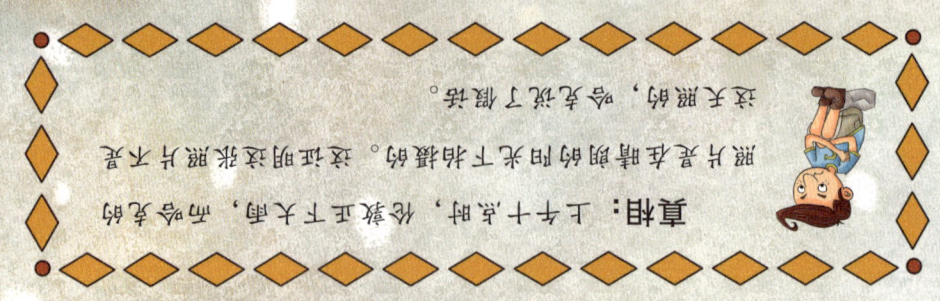

真相:上午十点时,太阳正当天顶,而它的照片是在傍晚的时候下拍摄的,这说明这张照片是不真实的,哈克说了谎话。

- 16 -

7. 丢失的珠宝

　　这天是布朗夫妇的结婚纪念日，布朗先生带着艾文到一家珠宝专卖店为太太挑选礼物。

　　布朗先生正专注地与一个店员交谈，挑选礼物。他已经挑选了一下午了，艾文正觉得无聊，突然注意到一对夫妇也和他们一样，在店里待了一下午。

　　那位夫人站在丈夫的身后，手里捧着一个不锈钢保温杯，她好像很紧张，手在微微颤抖。

　　这时，一个店员也注意到了这个情况，就走上去询问他们是否需要帮助。

　　丈夫笑着解释说他的夫人神经方面有点问题，大夫嘱咐每隔半小时必须吃一次药，所以才会随身带着杯子。然后，他微笑着出示了口袋里的药物，又打开杯子给店员看，里面确实装的是咖啡。

那位夫人也向店员微笑着表示歉意，同时喝了一口咖啡，证明这里面的确只是咖啡而已。

艾文看着这个场景，总觉得有什么地方不对劲，可具体是哪里不对劲，又说不出来。

店员释疑后，眼看就要走开，艾文突然想到了哪里不对劲，便迅速按响报警器，对那个店员叫道："抓住他们，他们是小偷。"

很快，警察在装咖啡的杯子里找到了四件珠宝，而这些珠宝都是两个小偷用赝品替换下来的。大家都对艾文的聪明赞不绝口。那么，你知道艾文是如何看出破绽的吗？

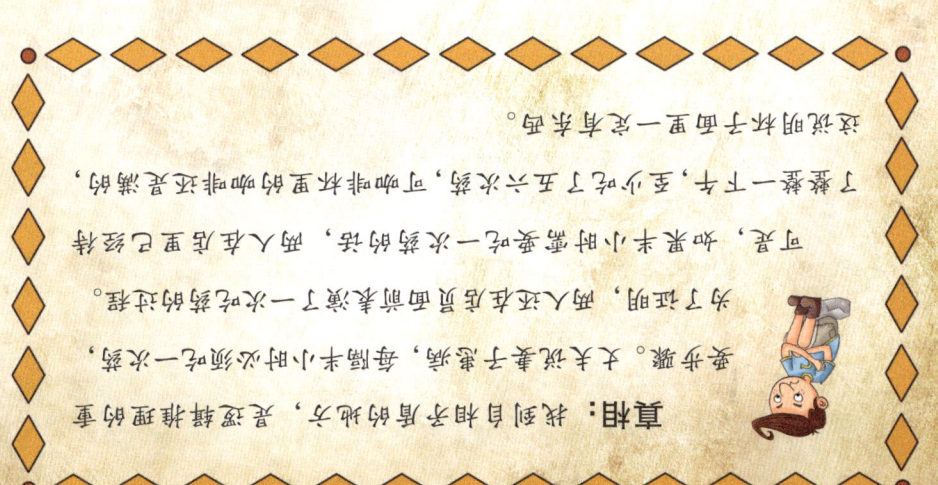

答相：我们时开水都是热的，是冒着热气的事物。每次端上来时都是热气腾腾，每个客人喝的必须是一次的。为了证明，两个人先后喝咖啡都喝了一次咖啡的说法。可是，如果未小偷重复喝一次咖啡的话，两个人也没有重复喝一下，是吃了几只冰块，可咖啡并未冒着热气的咖啡了。这说明杯子里面一定有其他东西。

8. 艾文的证据

这天,艾文正在家里看电视,威狼出门散步去了。突然响起一阵急促的门铃声,他赶紧去开门。门口站着隔壁的露西太太,她可是个远近闻名的刁妇。只见她气势汹汹地指着艾文嚷道:"你太可恶了!自己的狗也不管好!它把我给咬了!"

艾文感到很诧异,因为威狼很善良、温顺,从来不咬人。于是,艾文问露西太太道:"什么时候咬的?咬在哪里?我怎么没看到伤口呢?"

露西太太说:"就在刚才我经过你家门口时咬的。"说着,她把裤腿拉高给艾文看,只见露西太太小腿上确实有一处被咬伤的伤口。

艾文却笑了笑,十分肯定地说:"你在撒谎!伤口不是我的狗咬的。"

接着,艾文说出了他的证据,露西太太哑口无言。

你知道艾文的证据是什么吗?

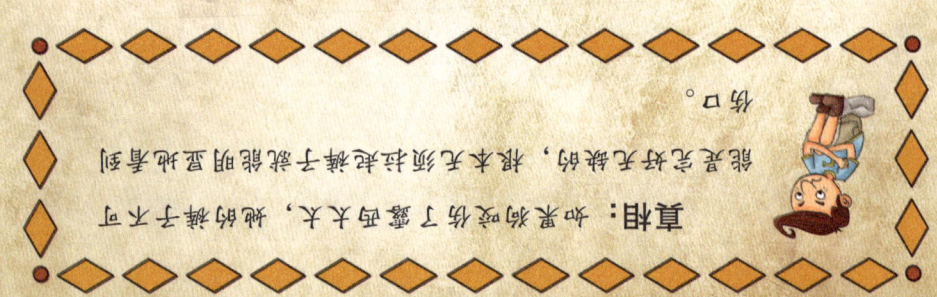

真相:如果她的确伤了整整一天,她的裤子上应是有破开无数的,那来不可能起有完好的裤腿呢!

9. 失窃的硬币

这天,艾文和爸爸妈妈一起外出旅行,晚上住在德里克摩尔宾馆。时间已经很晚了,突然,门外传来玻璃破碎的声音,接着警报声响了。

过了一会儿,宾馆的夜班经理来敲门,说宾馆里丢失了一枚珍贵的硬币,已经报了警,他们希望布朗先生能够帮助他们侦破案件。

原来,这个宾馆的大厅里有一个展橱,里面陈列着纪念德里克摩尔宾馆五十周年的纪念品:该宾馆的第一份菜单,每个房间的价目表,一些珍贵的硬币、邮票、照片,还有第一位尊贵客人的签名。

艾文跟着爸爸下楼来到大厅,看到一个员工正在擦拭大厅里的内线电话。

大厅里还有三个客人,他们正好在案发时间里出现在大厅,被坚决而又礼貌地要求在此等候,直到警察到来。

"我们一直在看着他们,"经理对布朗先生说,"那个坐在扶手椅上看书的是奥克莉女士,她说她刚吃完工作餐。我们要求

她待在这里时,她很合作,坐下后就从公文包里拿出一本书来看。"

"布赖尔先生说他刚从房间里出来,到前台拿了几片阿司匹林,他妻子头有点痛。我们留住他后,他用投币电话给妻子打了个电话,我在旁边听到他说让妻子等一会儿,不要着急。"

经理又指着一个穿得破破烂烂的男人说:"格林利夫先生刚从宾馆酒吧出来,侍者拒绝再给他上酒,他就在这里游逛。我们在电梯里找到他,当时他的手指被电梯按钮夹住了。"

经理接着垂头丧气地说道:"偷东西的人绝对没想到我们装了警铃,也许他早被吓跑,我们抓不住他了。"

布朗先生听了,微笑着说道:"不,我已经发现了嫌疑人!"

艾文听了爸爸的话,环视着整个大厅,突然也想到了答案,脱口而出道:"是的,他就是布赖尔先生!"

你知道为什么吗?

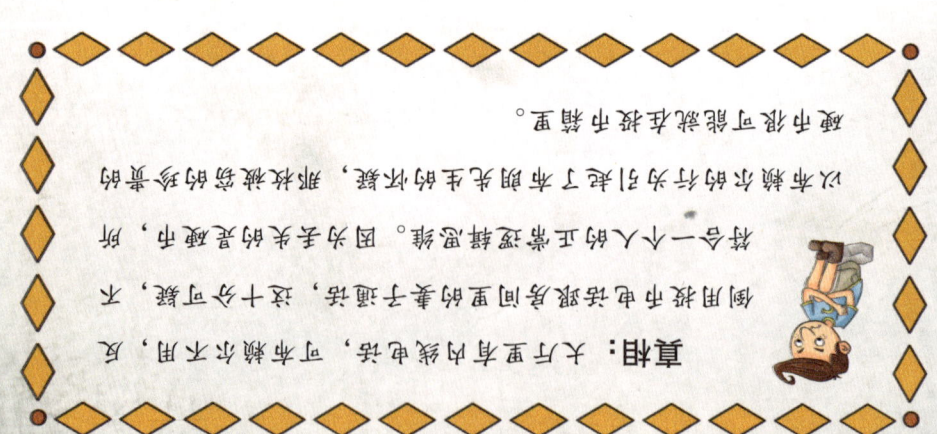

真相:大厅里的电话,可不是投币式的。凡倒用投币电话向房间里的妻子说话,这十分可疑,加上一个人脸上焦虑样疑惑,因为头疼的是他的妻子,所以当布朗先生说他发现了嫌疑人的时候,那紧张的神情是藏不住的。

10. 数学老师之死

青木先生是艾文所在学校的一位数学老师，他为了学问发誓终身不结婚，艾文曾经去过他的家，那里除了一个负责他的生活起居的女佣之外，就是书籍和手稿了。

这天，已过了上课时间，青木先生却迟迟没来上课，艾文就和几个同学一起去探望他。结果，他们发现青木先生死在家中，女佣已经报了案。

警察接到报案后，立即赶到现场。布朗先生当时正在与探长亚当斯探讨一个案件，听到报案后，因为担心艾文，也一起赶到了现场。

法医检查后说，青木先生是吃了大量的安眠药死去的。

探长亚当斯对女佣进行了传讯。

女佣哭泣着，对探长说道："大约两小时前，青木先生叫我给他一杯加冰威士忌，然后又叫我准备水给他洗澡。他还说洗澡后要睡一会儿，叫我在两小时后叫醒他，因为他还要去上课。但是我敲了多次门，他都没有反应，所以我就打开他的卧室门，发现他躺在床上一动不动，怎么喊也没反应。"

艾文看着青木先生的卧室，听了女佣的话，突然肯定地说道："你在撒谎，你就是最大的犯罪嫌疑人！"

你知道艾文是怎么发现破绽的吗？

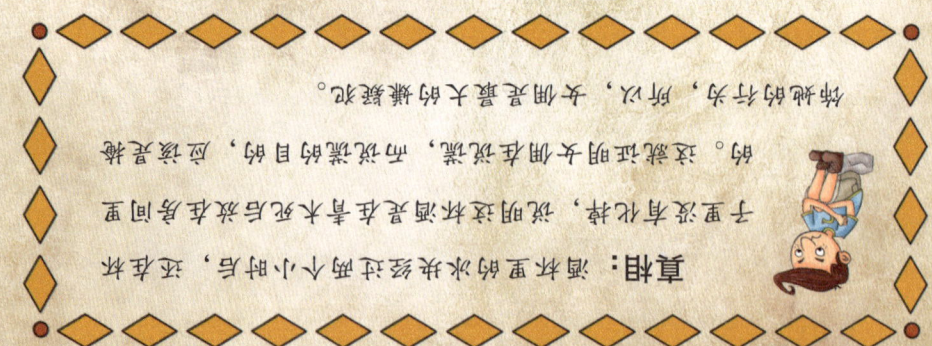

真相： 艾文看到青木先生卧室的小时钟，这是老式钟表，发现这块小时钟是平大先生放在房间里的，这块老式钟表是反着放的，所以反映的目的是，艾文是聪明人所以能发现。

11. 岔路口

这天早上，艾文和爸爸一起到附近的公园去跑步。突然他们发现不远处的路上躺着一个人，两个人迅速上前一看，原来是隔壁的露西太太，她正捂着自己的脚踝呻吟。

布朗先生迅速问道："发生了什么事？"

露西太太一边痛苦地呻吟，一边断断续续地说："刚才有个男人经过，他把我推倒后，抢了我的自行车和皮包，往那边跑了。"

说着，她用手吃力地指了指前方。

布朗先生一边用手机报警，一边去追凶犯，艾文跟在他身后。

没跑多远，就到了一个岔路口，左右两边都是不太陡的上坡路，由于施工不久，两边路面都铺上了一层黄沙，他们发现两边松软的黄沙层上面都有自行车车胎的清晰印迹。这可让人为难了，

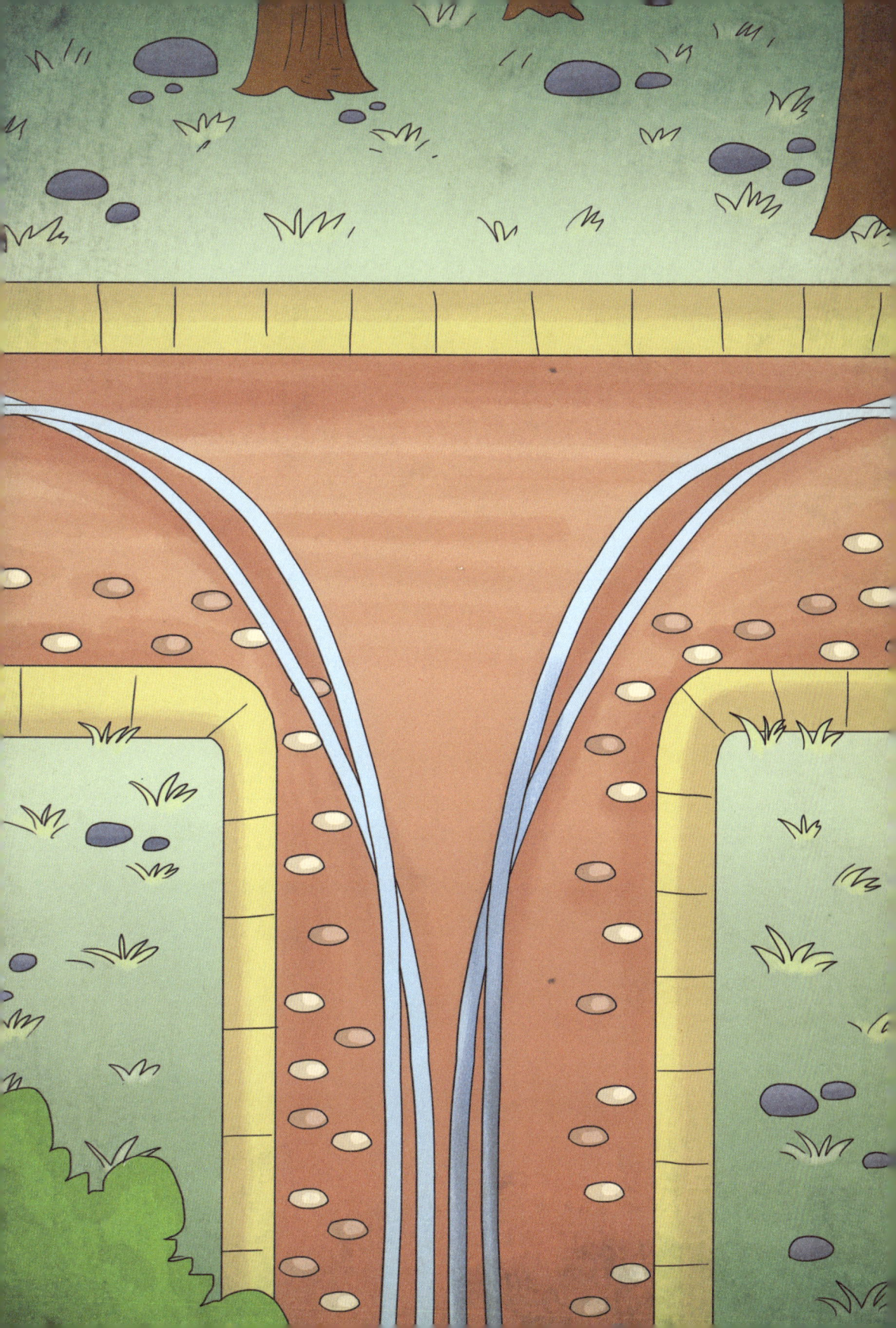

凶犯究竟往哪一边逃走的呢？

艾文看着眼前的两条路，突然灵机一动，叫道："他往左边逃走了！"然后，艾文对布朗先生说出了自己做出判断的原因，布朗先生赞赏地拍了拍他的肩膀。

这时，警察也赶到了，艾文和布朗先生迅速向他们指出了凶犯逃离的方向。警察顺着左边那条路，很快就抓到了逃走的凶犯。

你知道艾文是怎么做出判断的吗？

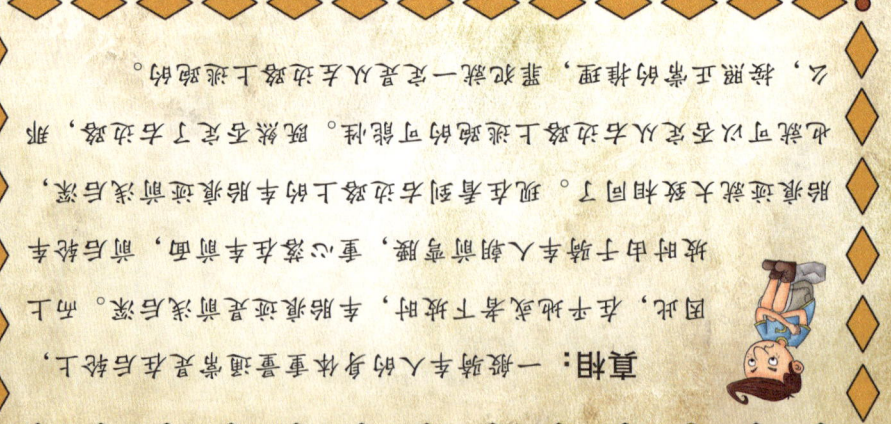

答相：一般情况下人的身体重量都是落在左脚上。因此，在步行或奔跑时，左脚迈出的步子要比右脚大。艾文由于读过人类学的书籍，重心落在有脚印的地方深，所以他推断出来了。艾文看到左边路上有脚印的凹痕，脚跟的右方深，那说明左边路上的脚印是假的，是凶犯为了迷惑人，故意反过来走的。真正的脚印一定是在右边那条路上留下的。

12. 一张秋天的照片

一个夏天的傍晚,艾文和克莱尔放学后一边欣赏着路边的风景,一边往家走。他们路过一座别墅时,看到那里围了很多人,警察已经封锁了现场,布朗先生正在里面和一个探长说话。

因为经常从这里路过，艾文记得这里面住着一对夫妇，这对夫妇之间的感情似乎不太好，因为常常听到他们吵架的声音。

艾文听见大家在议论，说这家女主人被人杀害了。

他希望能够提供线索，帮助爸爸破案，于是要求爸爸将他带了过去。

法医经过检查说，女主人被勒致死，死亡时间是下午二点钟左右。

男主人正对警官说道："最近我和妻子有些小矛盾，吃过午饭以后，我就一个人到公园里去散散心，晚饭也没回来吃。刚才回到家里，发现妻子已经……"

警官问道："有谁能够证明你下午去公园了呢？"

男子拿出一张照片说："这张照片应该可以吧，我心情不好，就特地在梅花鹿前面拍了这张照片。"

艾文踮起脚、探着头看着那张照片，突然说道："这是你下午在公园拍的照片吗？你在说谎！"

然后，他很快向大家解释了原因。

你能够从这张照片中找出破绽吗？

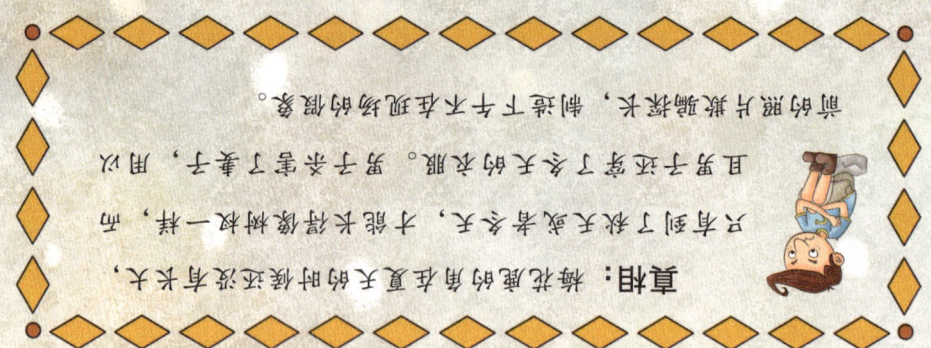

真相：梅花鹿的角在夏天的时候应该还没有长大，只有到了秋天或冬天，才能长得像照片中那样一样长。且男子这些日子心情不好，更不会去拍了照片，所以，他的照片应该是以前拍的，不可能是下午在公园拍的。

13. 失火的玫瑰园

　　这天晚上，布朗先生的朋友詹姆雷斯先生前来拜访。詹姆雷斯在伦敦郊区有一个漂亮的玫瑰庄园，那里种着闻名全国的玫瑰。艾文曾经和爸爸妈妈一起去参观过那个玫瑰庄园，那里真是太漂亮了，艾文至今印象深刻。

　　可是，詹姆雷斯先生的庄园最近发生了一起火灾，玫瑰被烧得所剩无几，痛心疾首的詹姆雷斯希望布朗先生能够帮他找出那个可恶的纵火犯。

　　悲伤的詹姆雷斯为他们详细讲述了事情的经过：

　　詹姆雷斯为他的玫瑰专门盖了自动调节温度的玻璃房，让玫瑰在最好的环境里成长。盛夏到来，詹姆雷斯生怕玫瑰被太阳烤坏了，那天他一大早就起了床，拿出冬天储存的干草铺到玻璃房

里，又在草上放上大量冰块，玻璃房的温控系统也调到最低。到了傍晚，忽然下起了淅淅沥沥的小雨。雨越下越大，一直下到第二天天亮。詹姆雷斯望着难得的雨水，高兴地想着，再也不用怕玫瑰被晒坏了。他想趁这时候去买点肥料回来，便在中午时分出门了。回来时，却发现玻璃房里的干草已经被点燃，珍贵的玫瑰就这样葬身火海。等把火完全扑灭的时候，玫瑰也被烧得差不多了。

警察赶到现场，在现场只有詹姆雷斯自己和两个赶来救火的仆人的脚印，此外连个鞋印子都找不到，警方一直没有抓到凶手。为了抓到那个纵火犯，詹姆雷斯特意给现场拍了照片，今天特意带来，希望布朗先生能够从中发现蛛丝马迹。

布朗先生看着手中的照片，皱着眉头思索着。

艾文站在爸爸身后也看着这张照片，他突然说道："纵火犯找到了！"

你能从中找到那个纵火犯吗？

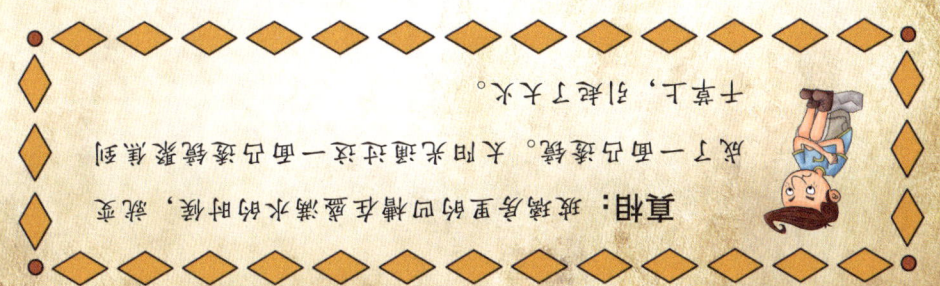

真相：是谁在同样的情况下需要水的时候，放弃了一桶水的援救，大概这就是一桶水的援救，牛身上，引来了火灾。

14. 午时银行抢劫案

这天中午，布朗先生去银行办理业务，艾文也跟着他到了银行，他们发现银行所在的大厦已经被封锁了。探长亚当斯看到他们后，就跟好友布朗先生聊起了案情：原来这里刚发生过一起银行抢劫案，劫匪还开了枪。

警方虽然在最短的时间里封锁了整栋大厦，但是狡猾的劫匪还是混进了人群。经过调查，警察在大厦门口发现了弹壳和被丢弃的枪，劫匪应该是在门前开的枪。

经过排查，一共有五个嫌疑犯：一个是拳击教练，他是个枪械爱好者；一个是银行职员，他曾经是一名小口径步枪项目射击运动员；第三个人是来银行办理业务的客户，他患有严重的糖尿病；第四个人是银行保安，但他的枪没有动过的痕迹；最后一个人是海员，他说自己纯粹是来看风景的。当然，他们五个人都坚持说自己是无辜的。

亚当斯探长感到非常棘手，如果找不出证据，要逮捕这五个人是完全没有道理的，但是放走他们，万一凶手就是他们中的某个人呢？

探长和布朗先生正在低头沉思。忽然，艾文指着枪叫道："快看！我知道谁是凶手了。"

布朗先生和亚当斯探长立刻明白了什么，指着一个人大声对警察说："逮捕他，他就是罪犯！"

你知道谁是罪犯了吗？

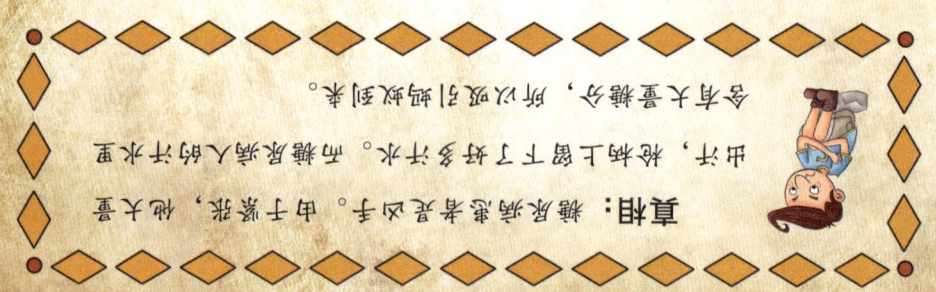

真相：猎豹追逐羚羊至河边，由于猎豹跑得太累，把猎物丢下找水喝，而猎豹喝完水后，发现羚羊已经被分尸，所以才引起命案。

15. 邮票的去向

布朗先生的朋友格罗斯先生是有名望的集邮家，他很喜欢大海，就把自己的寓所建在大海边上。

这天上午，布朗先生和艾文受格罗斯的邀请，到他海边的房子里玩。他们在房前的海滩上散步，一边走，一边聊天。

这时，格罗斯对他们讲述了一件令他非常遗憾的事情：在半个小时之前，他坐在写字台前整理他的邮票，这些邮票都是他收藏已久的心血。他有两张特别珍贵的邮票，他对此爱不释手。当时他它们放在写字台上，写字台前的窗子正开着，不料风太大，与这扇窗子相对的窗子突然被风吹开，这样风就从一个窗户进入，从另一个窗户吹出，把一张珍贵的邮票吹到了窗外，带进大海，邮票消失得无影无踪了。

布朗先生和艾文一边听着格罗斯的讲述，一边欣赏着美丽的海滩。

布朗先生问:"您亲眼看到您的邮票被海风吹出去了吗?"

格罗斯说:"不,是秘书告诉我的。当时海水正在退潮,于是我出去看海水退潮。就在我离开的时候突然刮来了一阵风。我的秘书说幸好他及时赶到按住了另一张邮票,否则另一张邮票也会被吹进大海。"

布朗先生问:"您肯定邮票是在海水退潮以后被风吹走的吗?"

格罗斯说:"可以肯定,因为是海水退潮之后才起风的。"

布朗先生没有说话,他微笑着看向艾文。

艾文看着海滩笑了笑,对格罗斯说:"那这张邮票应该还在。"

格罗斯喜出望外,他简直不敢相信自己的耳朵:"你说什么?"

艾文很快为格罗斯指出了判断的依据。

你知道是什么吗?

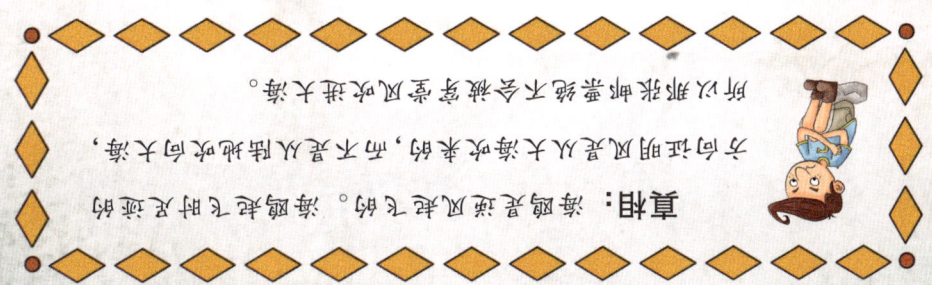

答案:海滩是退风吹走的,海滩有风吹起的方向的风是从大海吹来的,而不是从海滩吹向大海,所以邮票应该不会被海风吹进大海。

16. 绽放的昙花

　　一个星期天的上午，克莱尔来找艾文写作业，可是她显得很伤心。艾文问她发生了什么事情，克莱尔难过地说，她的玩具小猪熊被人偷走了。昨天下午，克莱尔的妈妈把她的小猪熊洗了以后，放在院子里晾干，后来她在写作业的时候，看到一个人从院子里的篱笆上爬过去，跑开了。后来发现，她的小猪熊被人偷走了。
　　克莱尔怀疑是邻居家的比尔干的，因为他一直想要她的小猪熊，而且昨天看到的那个人是个胖胖的孩子，背影和比尔很像。
　　艾文听了以后，就带着威狼和克莱尔一起到了比尔家。
　　艾文问比尔，昨天下午在什么地方，做了什么事情。
　　狡猾的比尔开心地说道："昨天下午，我在朋友家玩，我们一起赏昙花，还拍了照片。"说着，比尔挪动胖胖的身体，从抽屉里拿出了一张照片。
　　克莱尔看着那张照片，显出疑惑的样子，想着自己可能错怪了比尔。

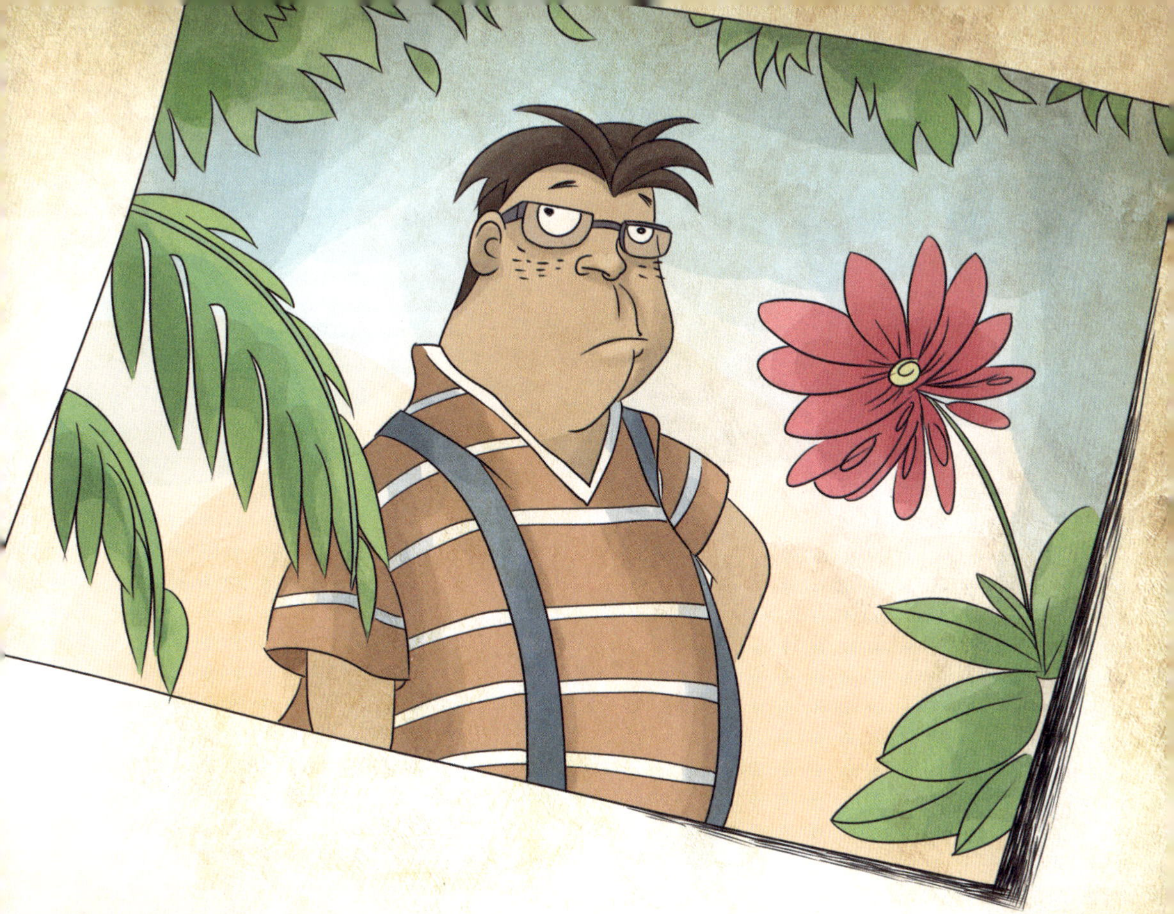

艾文却看着那张照片,哈哈大笑起来,说道:"比尔,你在撒谎,现在你亲手把证据交到我们手上了。你还是把克莱尔的小猪熊还给她吧。"

你能从照片上看出破绽吗?

真相:菊花属于秋天季节,一般在夏日开花,而且是晚上开花。花儿几小时后便会凋谢。比尔的照片上菊花开放在白天是错误的,只能说明他撒着弥天大谎。

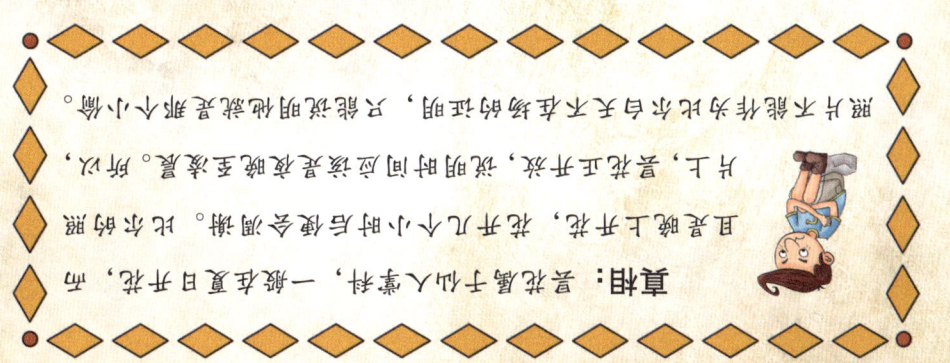

- 43 -

17. 布朗先生的判断

布朗先生善于利用推理侦破案件，平日对事物观察入微，凭着日积月累的真本事，他揭穿了许多假话，撕下了一张又一张假面具，及时扭正了办案的方向。

一次在法庭上，有个原告方的证人出庭做证说："那间房子里的光线是极其暗淡的。我进入房间时，一眼就看见地上躺着一具尸体。尸体旁边流着许多鲜血，真是惨不忍睹，令人毛骨悚然。"

布朗先生微微地笑了笑，问道："先生，你说你看得一清二楚，你能肯定吗？"

那人面对布朗先生，拍着胸脯回答说："当然，我完全可以肯定！而且我还清楚地看见死者上身穿的是一件红色衬衣！"

布朗先生听后冷笑，转身对旁听席的群众说："我现在郑重告诉诸位女士和先生，这个证人做的是伪证，他的证词完全不可信！"

布朗先生的判断正确吗？如果正确，你能判断出证人的证词假在何处吗？

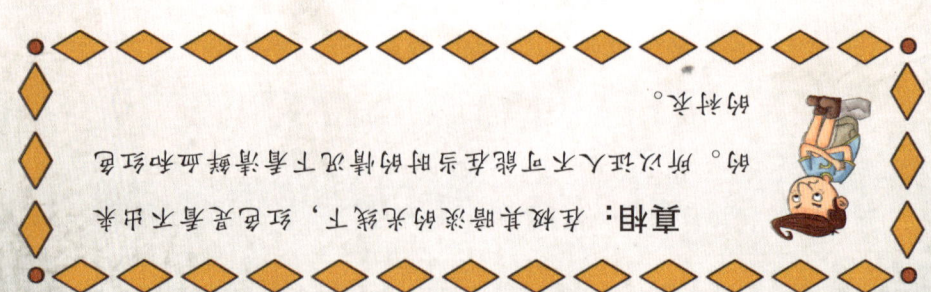

提示：在极其暗淡的光线下，红色是看不出来的。所以证人不可能在昏暗的情况下看清楚衬衣的颜色。

18. 谁是纵火犯

这天,一个保险公司的职员来拜访布朗先生,希望他能够帮忙侦破一起离奇的纵火案。

案件是这样的:画家安格尔一直单身,三十年来,他一直和自己的小猫生活在树林深处的一所房子里。画家在一次长途旅行前夕,为这所房屋连同猫一起投了高额保险,猫被留在家里。谁知他刚外出十五天,就接到电话,说他家发生了火灾,幸亏下了一场大雨,树林里的树木潮湿,火势未能蔓延开。否则损失的可不仅仅是他的房子和那只可爱的猫了。

从着火现场看,小猫被困在了密闭的房间里,因没有猫洞无法逃脱而被活活烧死。现场勘查结果表明,起火点是一楼一间六张席子大小的和式房间。然而,房间里没有任何火源,也没有漏电的痕迹。煤气开关紧闭,又无定时引火装置。保险公司百思不

得其解，如果不能够找出纵火犯的话，他们就不得不为这位画家支付高额的赔偿金了。

布朗先生仔细地看着资料和现场拍下的照片，慢慢地露出了微笑。

艾文本来和威狼在屋里玩耍，此时他兴奋地走到了爸爸面前，期待地看着爸爸。

布朗先生将一张照片放在艾文面前，说道："艾文，如果你能够从里面发现线索，星期天爸爸就带你和威狼一起出去郊游。"

艾文看着那张照片，很快就找到了线索。

你知道是什么线索吗？

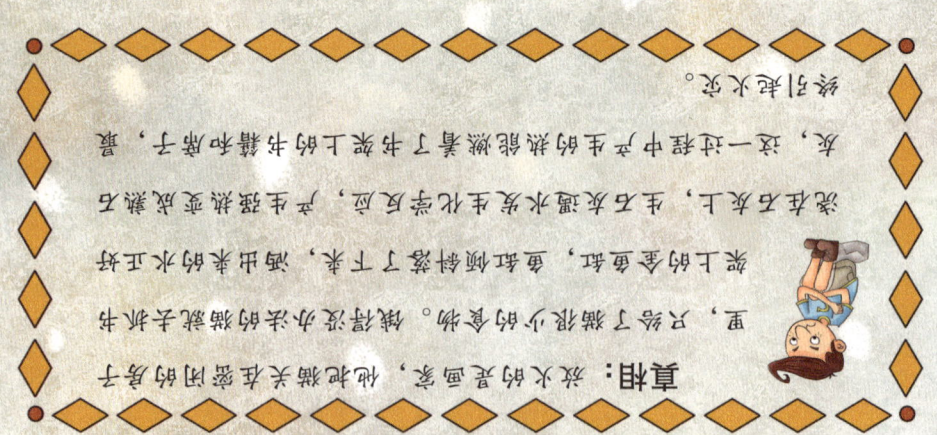

答案：纵火的是画家，他故意来关走画里的房子骗保，只留下了孩走少的东西。旁边没有水的情况下那张桌上的画都烧没了，有机那部就烧了下来，附出来的水上并没在桌上，应是被水烧灭后，有事情被爱发起之上，当发一段时间中火先就被撒灭了失败上的种物是落了，就引起火灾。

19. 男爵之死

一个秋天的早上，艾文去帮爸爸买报纸，他在报纸上看见了一件离奇的案件，急忙跑回家，将报纸交给了布朗先生。

案件经过是这样的：一位男爵因为非常喜爱印度瑜伽而买下了一间健身房，以方便他练习。平日里同他一起练习的是四个印度人。

两星期前，男爵单独进入健身房做瑜伽修行，为了不受外界干扰，他把门窗都从里面锁上。瑜伽修行需要一段时日，所以他事先在健身房内备足了食物和水。

但是，直到修行结束后好几天，男爵还未出来。四个印度人立即拨打了报警电话。警察赶来，撬开紧锁的门，才发现男爵已直挺挺地死在床上。旁边准备好的食物和水几乎都没动过。

警察检查现场发现，这间健身房几乎是一间与外界隔绝的密室。那么，男爵为什么会饿死呢？当地警察认为这起案件并没有他杀的可能，只好判定男爵是绝食自杀身亡。

可是男爵夫人说，男爵除了有恐高症，身体没有任何问题，

精神状态也很好。她无法接受警察的结论，所以在报纸上刊登了男爵死去的前因后果，并进行高额悬赏，希望有人能够帮助她侦破案件。

艾文和爸爸一起看着报纸，突然艾文在刊登的照片上发现了一个小小的细节，并且疑惑地指给布朗先生看。

布朗先生看了之后，思索了片刻，兴奋地说道："我知道男爵是怎么死的了！"

你知道艾文发现的是什么线索吗？你能够说出男爵真正的死因吗？

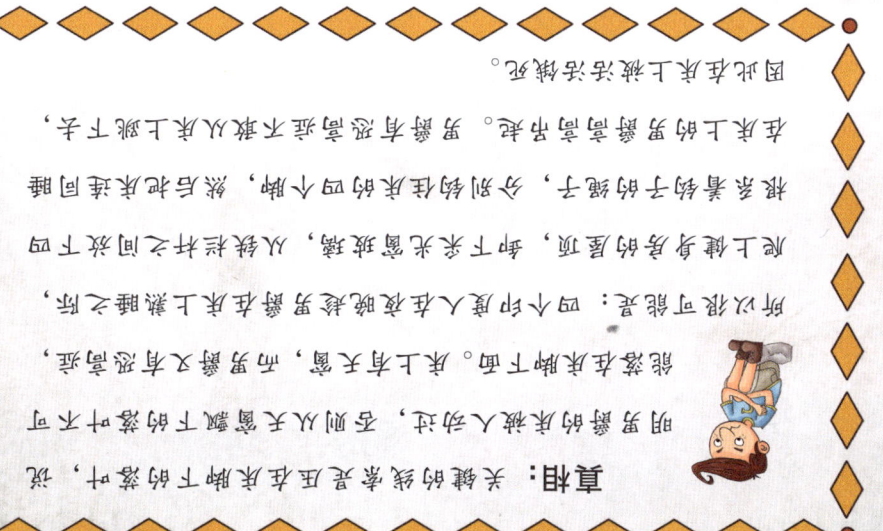

答相：关键的线索是在床脚下的落叶上，说明男爵的死与树叶有关，否则从大雨淋湿的落叶叶上不可能落在床脚下。枫上有大风，所以睡人定是被人用毯子裹着从桥上扔下的，因此摔死在床脚下。所以凶手可能是：凶手两人在男爵熟睡后将他裹在毯子里的床上搬到房间外，从树上将男爵从树上抛下的同时把床上的落叶一起抖落出来，然后将床和男爵搬回屋里，但摇晃沙子中的落叶意外地散落在床脚下了。

20. 谁偷了彩票

艾文的姨妈佩蒂夫人买彩票中了大奖，领奖之前她决定庆祝一下。由于丈夫在外地工作，距离遥远，于是佩蒂邀请布朗一家到她家去玩，并决定请他们一起领取奖金。因为布朗夫妇还有工作要做，只把艾文一人送了过来。

佩蒂家有很多空房子，有的已经住进了房客，而且房客们知道佩蒂中奖的事。当晚，艾文与姨妈和她的房客们庆祝到很晚才回各自的房间休息。

第二天上午，艾文还在房间里睡懒觉，就听到佩蒂姨妈大叫道："天啊，我的彩票不见了！"

艾文起床后，发现佩蒂姨妈已经报了警，佩蒂姨妈怀疑是她的三个房客中的一个干的，此时三个房客被集合在客厅里，等待着警察的到来。

艾文向佩蒂姨妈和三个房客询问事情的经过。

佩蒂姨妈说道："我在九点三十分走出厨房，看到有人披着白床单在走廊上走，一眨眼就跑上楼梯，消失了。我有些害怕，

我出去买东西了，刚从外面回来。

我今天睡过头了，很晚才起床，刚洗完澡从浴室里走出来！

肯定不是我偷的。我当时刚铺好床，然后，就到厨房里准备早餐。

就躲回房间,却发现我中了大奖的彩票不见了。"

贝拉太太听了,说道:"肯定不是我偷的。我当时刚铺好床,然后,就到厨房里准备早餐。"

布拉德先生说道:"我出去买东西了,刚从外面回来。"

罗伯特先生说道:"我今天睡过头了,很晚才起床,刚洗完澡从浴室里走出来!"

艾文看着这三个房客,很快看出破绽,找到了真正的小偷。

你知道谁是真正的小偷吗?

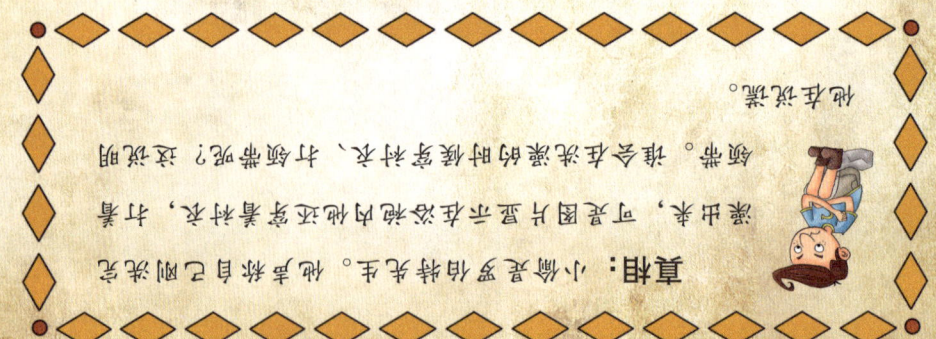

草帽:小偷是罗伯特先生,他身世有已刚洗完澡出来,可是图片显示他没把头发弄湿,并是明显,请在这段的话里找出来,找到真正的真相!

他在说谎。

21. 美丽的绯胸鹦鹉

克莱尔家养了一只美丽的绯胸鹦鹉,名叫贝拉,大家都很喜欢它。艾文每次去克莱尔家玩,都会逗逗这只可爱、漂亮的鹦鹉。

可是,这天克莱尔来到艾文家,难过地告诉艾文,贝拉被人偷走了。克莱尔的妈妈怀疑是看门人约翰干的,因为昨天他还建议把这只罕见的鹦鹉以高价卖给花鸟市场。但是,看门人约翰矢口否认偷走贝拉,她们没有证据证明是约翰干的。

艾文听了克莱尔的讲述,就和克莱尔一起到约翰家去寻找线索。

约翰打开门,不客气地问他们有什么事情。

艾文说,克莱尔家的鹦鹉贝拉被人偷走了,希望约翰能够为他们提供一些线索。

约翰不耐烦地说道:"我没有什么线索,也没有见过什么鹦鹉,我不喜欢任何鸟!"

趁着约翰说话的时候,艾文迅速地看了看约翰的房间,并且用敏锐的目光发现了约翰话里的破绽。然后,他说出了这个破绽,约翰顿时哑口无言。

你知道艾文发现了什么吗?

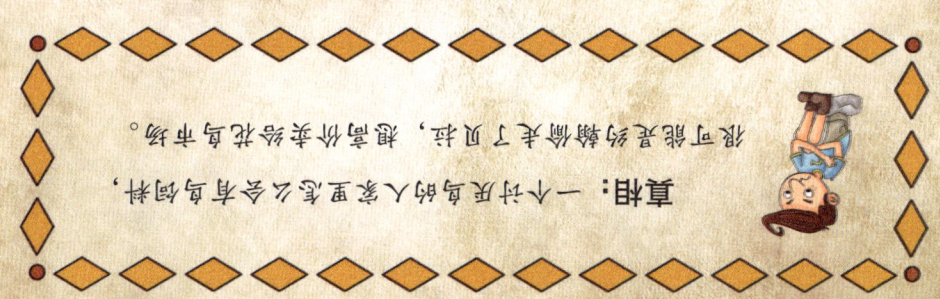

提示:一个讨厌鸟的人家里不会有鸟的玩具,还可能是鸟的痕迹留在了房屋,或者你应该看看有无鸟笼。

22. 惊险的车赛

　　格兰匹治赛车大赛马上就要决出最后的胜负了，在这场著名的赛事中，布朗先生的朋友拉瑟先生一直在比赛中遥遥领先。艾文也很喜欢拉瑟，每逢拉瑟参加比赛，艾文都会要求爸爸带着他一起去看。

　　和其他赛车手一样，拉瑟的赛车在比赛前都会进入维修站，给油箱加油，他的赛车采用的是混合汽油F98，其他燃料都无法使用。

　　这天，艾文和布朗先生一起来观看拉瑟的决赛。

　　可是，拉瑟找到布朗先生说，他听到消息说有人要用不正当的手段，阻止他赢得比赛的胜利，他希望布朗先生能够帮助他监督维修站。

　　布朗先生答应了他的要求，带着艾文来到了维修站。

　　他们观察着忙得热火朝天的工作人员，果然发现了一个意图不轨的假冒的工作人员。

　　你知道那个假冒的工作人员要做什么吗？

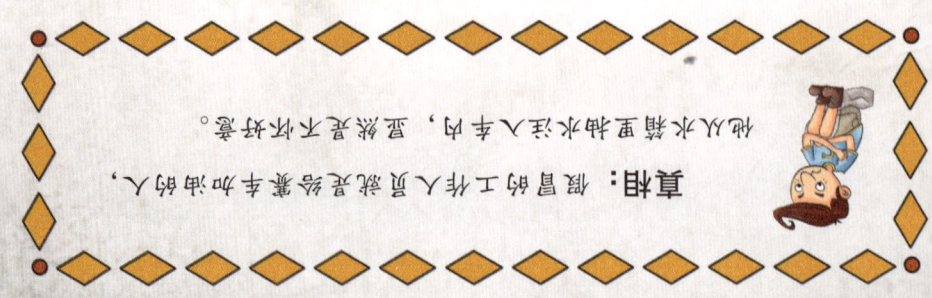

答祥：假冒的工作人员该是赛车的敌手，他以想要偷偷将水放入 F98 中，这样就会引起发动机爆炸。

23. 珍贵的邮票

  这天下午,邻居毛利先生来拜访布朗先生,希望布朗先生能够帮助他找到丢失的珍贵的邮票。

  毛利先生平常的生活习惯很好,没有抽烟喝酒等嗜好。他最大的兴趣爱好就是收集邮票,而且他已经收集了一套珍藏版的珍贵邮票。

  毛利先生说,今天一共有三个人来拜访过他,肯定是他们中的某人从起居室的集邮册里取走了那几张最珍贵的邮票。

  为了侦破案件,查找线索,布朗先生和毛利先生一起来到了毛利先生的家中,好奇的艾文也跟随而来。

  很快,三个嫌疑人也被毛利先生叫到了家中。

  下面是三个人的陈述:

奥托是小区的维修员,他声称自己只在厨房里修理了漏水的水龙头,没有进过其他房间。

维拉是毛利先生的家政服务员,她说自己只是像平常一样打扫了其他房间,根本没有进入过起居室。因为她和毛利先生早有约定,她根本不能进入起居室,起居室由毛利先生自己整理。

弗里德是毛利先生的保险经纪人,他生气地点燃了一根雪茄,解释说,他只是送一份保险文件过来,将文件放在客厅的桌子上后,他就离开了,也没有进入过起居室。

艾文听着三个人的叙述,突然在起居室里发现了一个证据,并将它指给众人看。

布朗先生赞赏地拍拍艾文的肩膀,然后清晰地揭露了其中一个人的谎言。

你知道艾文发现了什么证据吗?

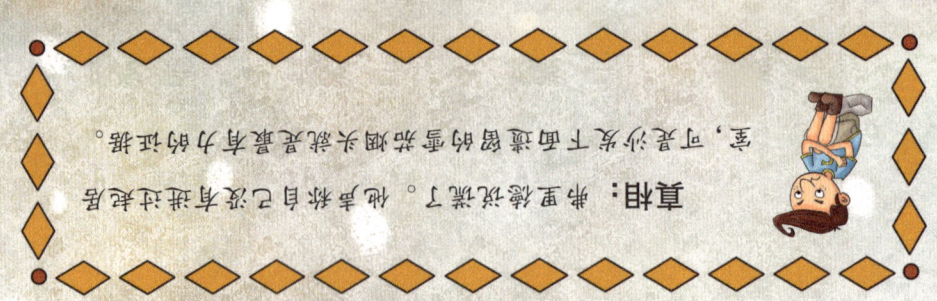

答相:弗里德说谎了,他声称自己没有进过起居室,可是地板上却遗留着抽雪茄时弹落的烟灰。

24. 混乱的照片

这天,艾文在家里的信箱里发现一封匿名信。他将信交给了布朗先生,布朗先生打开信封一看,里面是一沓顺序混乱的照片。出现在照片中的是独居的邻居布拉德、布拉德养的猴子、贵族的女儿玛丽小姐和她的爱人。

布朗先生看了一会儿,便穿好外套,打算出门。

艾文疑惑地问他,要去哪里,去做什么?

布朗先生笑了笑,说要去找小偷。

艾文好奇地看着一张张照片,寻找着布朗先生所说的小偷。

布朗先生眨眨眼睛说："拿上照片，跟我一起去玛丽小姐家一趟吧。只要给这些照片排好顺序，就能找到真正的小偷。如果你能够在到达玛丽小姐家之前找出小偷，我就请你吃冰激凌。"

艾文听了，仔细地查看着这些照片，为它们排着顺序。

你知道这些照片的正确顺序吗？

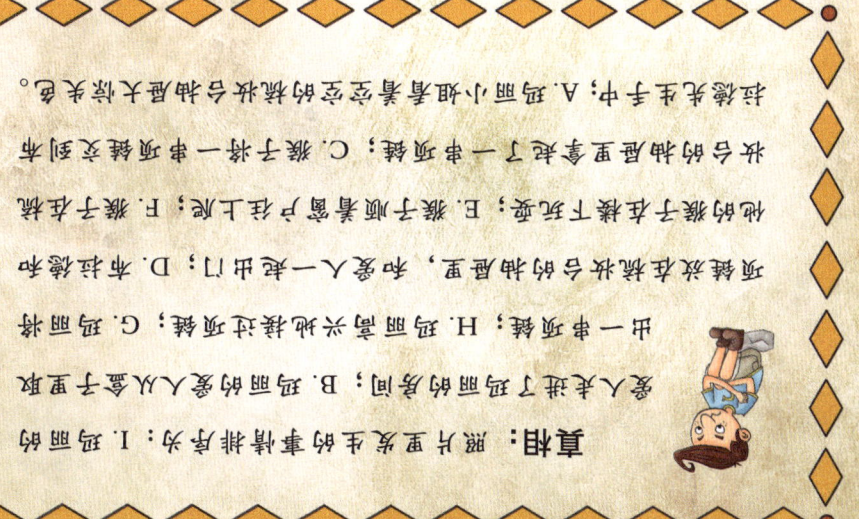

25．美味的蛋糕

这周星期五的傍晚，布朗太太非常生气，因为今天是艾文的生日，她在胜多利亚蛋糕房订了一个美味的大蛋糕，可是送货员迟迟没有送货。

于是，布朗太太就打电话给胜多利亚蛋糕房，投诉送蛋糕的送货员。

很快，送货员匆匆赶来了，他坚称自己上午就送过货，因为当时布朗太太没有在家，于是他把蛋糕交给了邻居保利先生，让他代收。

这时，艾文刚好放学回家，听到妈妈和送货员的争执后，就和他们一起来到了邻居保利先生家，一起询问情况。

保利先生听了他们的陈述后，怒气冲冲地说道："我既没有见过送货员，也没有看到什么蛋糕，我一整天都在霍夫布罗伊赛马场观看比赛呢！"

艾文观察了一下保利先生的房间，又看了看送货员和保利先生，很快就判断出了谁在说谎。

你知道谁是真正的说谎者吗？

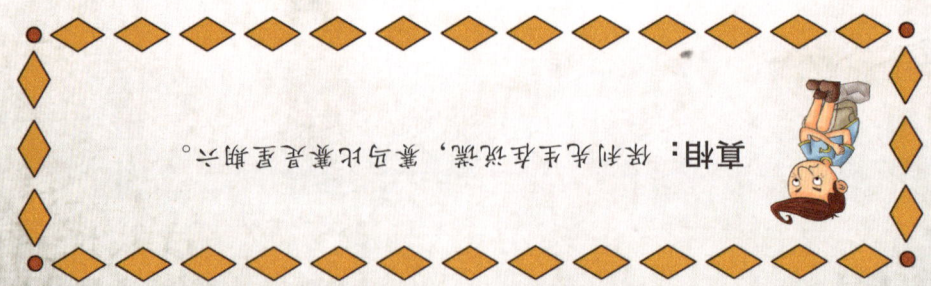

答相：保利先生在说谎，因为此时是星期六。

26. 机密的"伊莎贝尔计划"

这天上午，布朗先生带着艾文去看了一场棒球赛，在回来的路上遇到了维克教授。

维克教授邀请他们一起喝咖啡，并说有事情想要请布朗先生帮忙。

原来，维克教授多年来一直在钻研一个名叫"伊莎贝尔"的海洋探索计划，眼看最近研究就要出成果了，他担心有人会将机密资料泄露给竞争对手，所以，他希望布朗先生能够负责他研究室的信息安全工作。

这时，研究室的门卫突然给维克教授打来了电话，说有人进入教授的办公室偷看机密文件，并且触动了办公室里的报警器。

布朗先生立刻带着艾文，和维克教授一起来到了办公室。

能够进入教授办公室的人只有教授的三个助手，但是三个助手都否认进入过办公室，他们的陈述如下：

弗雷德说道:"整个上午我都在实验室里,根本没有去过办公室。"

威尔说道:"我一直坐在自己的桌子前面,而且我不可能看清您的机密文件,因为我今天把眼镜忘在家里了。"

阿瑟说道:"我刚刚从外面回来,给自己冲了一杯咖啡。"

艾文正观察着三个人,突然听到布朗先生说道:"你们中间有人说了谎,我已经知道是谁偷看了机密文件。"

艾文崇拜地看着爸爸,他再仔细观察整个房间,顿时恍然大悟。

你知道谁说谎了吗?

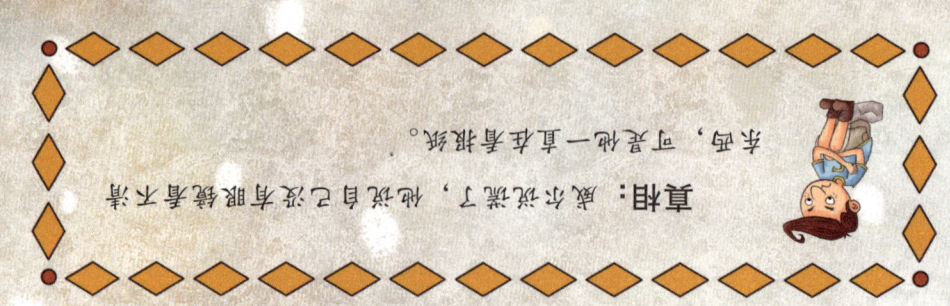

答相:威尔说谎了,他说自己没有眼镜看不清文件,可是他一直在看报纸。

27. 神秘的保险柜

这天傍晚,艾文正在和威狼在院子里玩耍,有人提着一个保险柜走进院子里,他对艾文说道:"你爸爸肯定会对这个保险柜里面的东西很感兴趣,里面是罗特盗窃集团的信息,以及他们的隐藏地点。"

说完,那个人把保险柜放在地上,就走开了。

艾文问他该如何打开这个保险柜,他毫不理会。

艾文迅速跑回屋里,将布朗先生叫了出来,并且叙述了事情的经过。

布朗先生将保险柜带回房间,只见保险柜的门上带着密码锁,需要一个四位数密码,才能打开保险柜。保险柜上面还贴着一张字条,字条上用德文写道:"一头驴用便携计算器就能打开我。"

布朗先生从房间里拿出一个便携计算器,笑着说道:"让我们开始吧,虽然我们都不是驴。"

艾文沉思着，疑惑地说道："驴的德语拼写是 ESEL，可是这和保险柜密码有什么关系呢？"

布朗先生皱着眉头，思索良久，突然说道："我知道了！"

然后，他迅速在计算器上按了几个数字给艾文看，艾文看后兴奋地叫道："我明白了，呵呵，密码他已经告诉我们了！"

你知道保险柜的密码是多少吗？

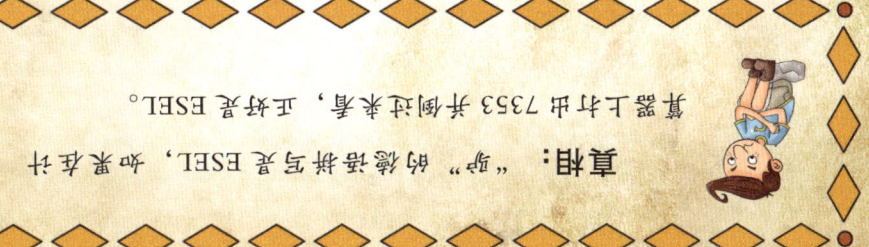

答相： "驴"的德语拼写是 ESEL，如果在计算器上打出 7353 并倒过来看，正好是 ESEL。

28. 神秘的蛤蟆集团

这天下午，布朗先生着急地要求全家人一起帮他寻找一张字条，原来他在开着窗户的房间里办公，刚才走出房间泡了一杯咖啡，回来时发现，桌子上的一张非常重要的字条被风儿吹出了窗外。

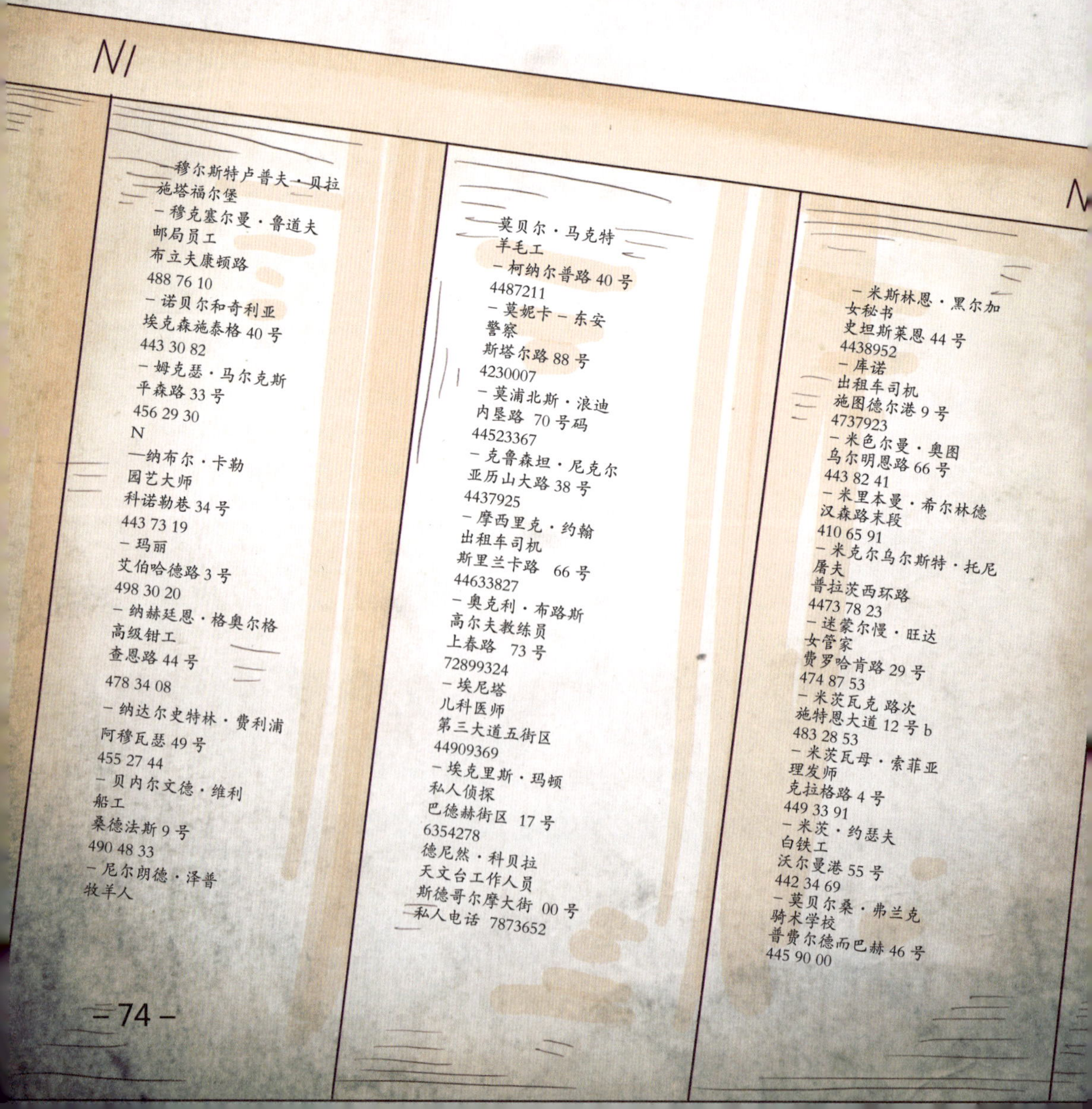

N

－穆尔斯特卢普夫·贝拉
施塔福尔堡
－穆克塞尔曼·鲁道夫
邮局员工
布立夫康顿路
488 76 10
－诺贝尔和奇利亚
埃克森施泰格 40 号
443 30 82
－姆克瑟·马尔克斯
平路路 33 号
456 29 30
N
－纳布尔·卡勒
园艺大师
科诺勒巷 34 号
443 73 19
－玛丽
艾伯哈德路 3 号
498 30 20
－纳赫廷恩·格奥尔格
高级钳工
查恩路 44 号
478 34 08
－纳达尔史特林·费利浦
阿穆瓦瑟 49 号
455 27 44
－贝内尔文德·维利
船工
桑德法斯 9 号
490 48 33
－尼尔朗德·泽普
牧羊人

－莫贝尔·马克特
羊毛工
－柯纳尔普路 40 号
4487211
－莫妮卡·东安
警察
斯塔尔路 88 号
4230007
－莫浦北斯·浪迪
内垦路 70 号码
44523367
－克鲁森坦·尼克尔
亚历山大路 38 号
4437925
－摩西里克·约翰
出租车司机
斯里兰卡路 66 号
44633827
－奥登利·布路斯
高尔夫教练员
上春路 73 号
72899324
－埃尼塔
儿科医师
第三大道五街区
44909369
－埃克里斯·玛顿
私人侦探
巴德赫街区 17 号
6354278
德尼然·科贝拉
天文台工作人员
斯德哥尔摩大街 00 号
私人电话 7873652

－米斯林恩·黑尔加
女秘书
史坦斯莱恩 44 号
4438952
－库诺
出租车司机
施图德尔港 9 号
4737923
－米色尔曼·奥图
乌克明恩路 66 号
443 82 41
－米里曼·希尔林德
汉森路末段
410 65 91
－米克尔乌尔斯特·托尼
屠夫
普拉茨西环路
4473 78 23
－迷蒙尔慢·旺达
女管家
费罗哈肯路 29 号
474 87 53
－米茨瓦克 路次
施特恩大道 12 号 b
483 28 53
－米茨瓦母·索菲亚
理发师
克拉格路 4 号
449 33 91
－米茨·约瑟夫
白铁工
沃尔曼港 55 号
442 34 69
－莫贝尔桑·弗兰克
骑术学校
普贵尔德而巴赫 46 号
445 90 00

寻找一个七位数：

A：比二十的一半的一半多二

B：比A大二

C：比B小六

D—E：两个数字都是A+B的总和的一半的一半

F：A+C之和与E+D之和之间的差值

G：比出现两次的数字大一

E D C A B F G

那张字条是无恶不作的蛤蟆犯罪集团为了测试新加入的成员而设置的测试题,而测试题的答案就是犯罪集团首领哈里的电话号码。如果能够破解这个号码,就能够联系到哈里,而且还能通过电话号码,查出哈里的真实姓名和住址。因此,布朗先生对这张字条非常重视,一定要找到这张字条。

大家忙活了许久,看到威狼从一张沙发下面叼出了一张字条,正是布朗先生要找的字条。

艾文拿过字条看了起来,直到累得满头大汗,才终于帮爸爸找到了答案。

你知道答案是什么吗?

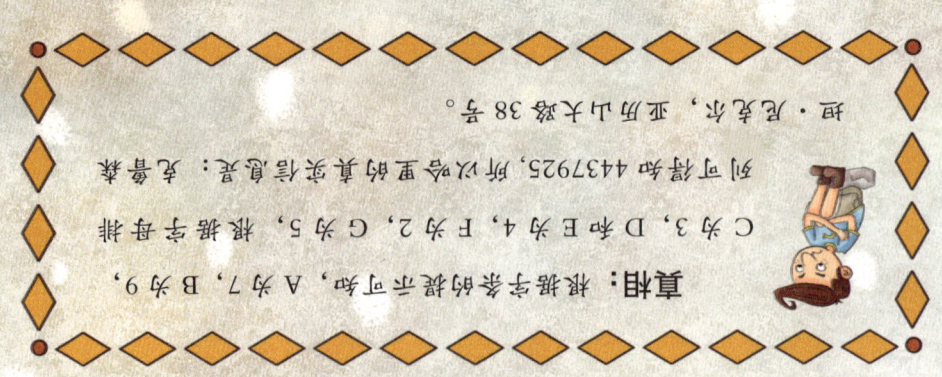

提示:根据字条的提示可知,A为7,B为9,C为3,D为8,E为4,F为2,G为5,排排字母排列可得到449792,5,所以哈里的真实住址是:无赖街海·尼克市,北街山大路38号。

29. 他从隧道逃跑了吗

这天,布朗太太想在家里的阳台上种植一株漂亮的玫瑰,需要一个陶瓷花盆,于是布朗先生就带着艾文到瓷器市场去买花盆。

他们正要穿过林恩广场时,突然听到一阵"抓小偷"的叫喊声。然后,布朗父子便看见一个男子拎着一个包迅速穿过广场,后面跟着一个警察和几个行人,抓小偷的叫喊声正是他们发出的。布朗先生和艾文见状,立刻加入了抓小偷的队伍。

可是,一辆电车经过,小偷随之跑过去了,电车将大家都阻拦住了。等电车开过后,那个男子已消失得无影无踪了。

大家穿过马路,只见前面是一个旧隧道。

一个一直站在马路对面的行人看着追赶的众人,大叫道:"他钻进下面的隧道里去了!再不追,他就跑远了。"

大家正要往隧道里追去,艾文和布朗先生看了隧道几秒钟,马上发现了一个破绽。

布朗先生立刻抓住那个大叫的行人,说道:"你在撒谎,你是要把我们从正确的追逐路线上引开,因为你和那个小偷是一伙的!"

而艾文则迅速地为大家指出了证据,让大家去寻找另外的路线。

你知道艾文指出的证据是什么吗?

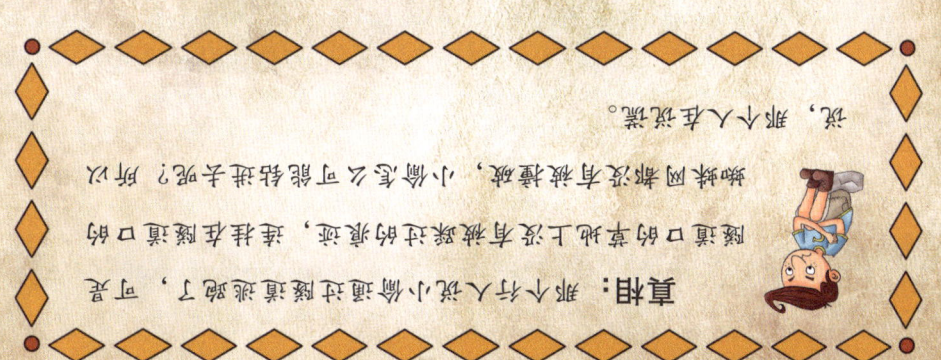

答相:为什么人说小偷钻进隧道跑了,可是隧道口的车边上有被碰落的灰尘,难道是被隧道口的蜘蛛网没有被破坏,小偷怎么可能钻进去的?所以说,他不在说谎。

30. 秘密接头

　　这天下午，布朗夫妇带着艾文在维多利亚露天咖啡馆喝咖啡。突然，布朗先生接到了亚当斯探长的一个电话。亚当斯探长

在电话里说,他们刚收到消息,休斯顿大街上的杂货铺老板——米尔佐与一个可疑案件有关系,今天下午他将会和一个联系人在维多利亚咖啡馆接头,他们将会交接一张存有秘密数据的文件。

　　布朗先生往咖啡馆环视了一圈,果然在咖啡馆的一个角落里,看到了杂货铺的老板米尔佐。

咖啡馆里人来人往，不断有人从米尔佐身边经过，布朗先生仔细观察着，寻找着真正的联系人，然而要发现真正的联系人并不是一件容易的事情。

为了不漏掉关键的细节，布朗先生把这个消息告诉了艾文，让艾文从不同的角度帮他一起观察米尔佐。

突然，艾文碰了碰布朗先生的胳膊，低声说道："就是那个人，他们已经交换了信息！"

你知道他们是如何交换信息的吗？

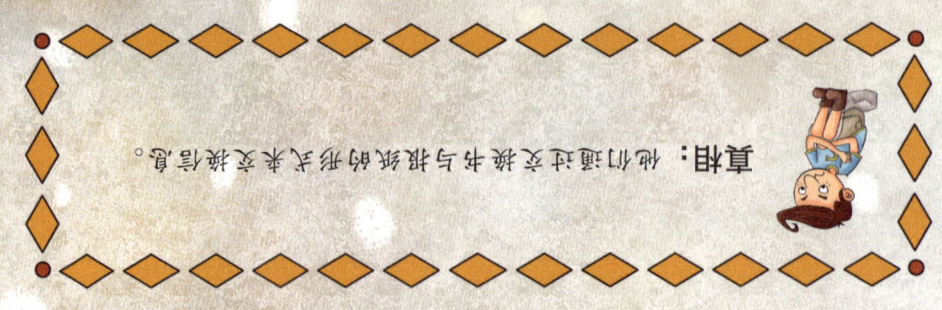

真相：他们通过交换书与报纸的方式来交换信息。

31. 可恶的小偷

　　这天，艾文和布朗先生一起到威廉先生的文具店去买钢笔。威廉先生是个左撇子，他有一支非常珍贵的纪念版钢笔，经常将它挂在自己的衣袋上，到处炫耀。

　　艾文他们刚走到店门口，就听到店员丽莎的惊叫声。

　　于是他们快速走进威廉先生的办公室，只见威廉先生趴在自己的办公桌上昏睡着，店员丽莎和贝蒂医生正站在他身边。

　　丽莎激动地解释道："我给威廉先生送了一杯咖啡，之后，又拿来了一份需要签字的文件。他正要签字，却突然睡着了。我吓坏了，急忙到附近的诊所请贝蒂医生过来。可是，当我们回来

时，我立刻发现，有人进过办公室，威廉先生的纪念版钢笔不见了！贝蒂医生说有人在咖啡里加入了安眠药，那个可恶的小偷一定是在我送那份文件之前在咖啡里放了安眠药，然后，趁我出门时，偷了威廉先生的钢笔。"

艾文一边听她说话，一边打量起了办公室。他突然指着一个东西，对布朗先生说道："爸爸，你看！"

布朗先生看了，赞赏地拍了拍艾文的肩膀。之后，布朗先生对丽莎说道："我已经知道谁是小偷了。丽莎小姐，你还是把钢笔交出来吧。"

你知道艾文发现了什么证据吗？

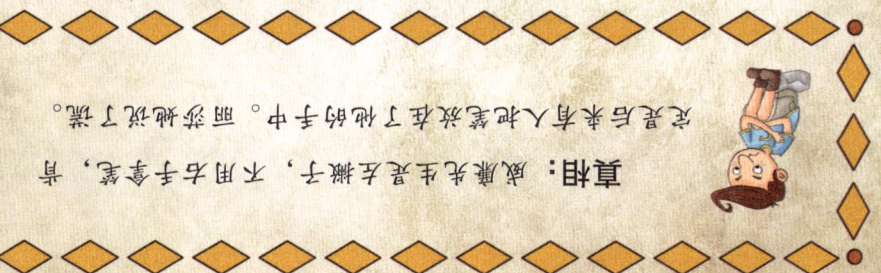

真相：威廉先生走后没多久，丽莎就与布朗先生见面了，并没有睡着。所以咖啡杯里的安眠药是没有喝的。

32. 布朗先生的方法

　　一天夜里，位于市中心的南华钟表店被盗，守卫被杀害。
　　布朗先生接到报案后立即赶到现场。他仔细勘查了现场，发现狡猾的凶犯作案后清除了一切痕迹。布朗先生点燃一支烟，边抽边在屋里继续察看。
　　忽然，他的目光被柜台上的一架"金杯"牌座钟吸引住了，钟壳的玻璃已被打碎，指针已停摆，定在九点三十五分处。
　　布朗对座钟进行了仔细检查，发现座钟的零件完好，发条尚紧，从钟面有敲击的痕迹看，座钟是受外力影响致使摆度减小而停摆的。这很可能是守卫与犯罪分子搏斗造成的。
　　当布朗的目光落在表针上时，他发现了重要的线索，随后，

布朗思忖了片刻，终于想出一个方法，确定罪犯作案的时间是在七点三十分。然后，布朗先生迅速抓获了盗窃杀人犯。

座钟停摆的时间，也就是罪犯的作案时间呢。布朗先生是用什么方法确定罪犯作案时间的呢？

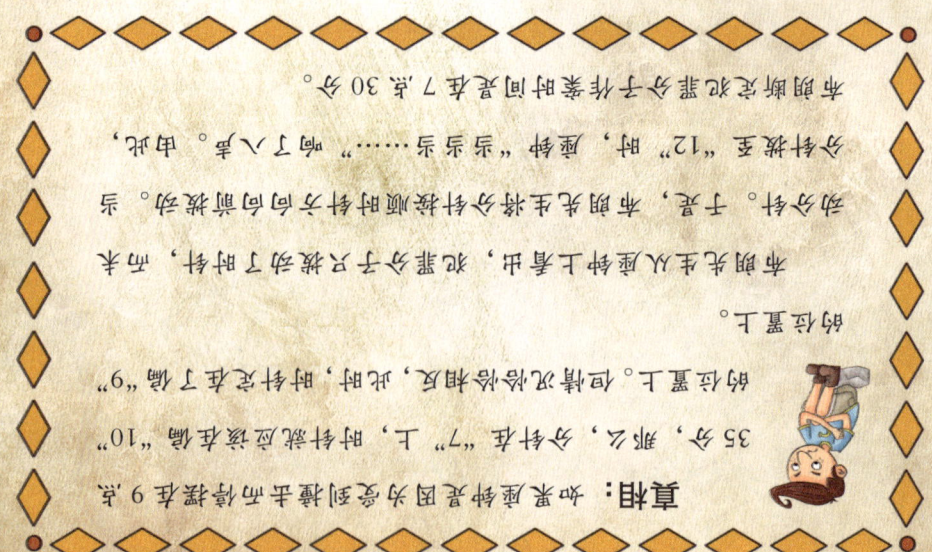

答案： 如果座钟停摆是因为发条到期而停摆在9点35分，那么，分针在"7"上，时针就应该在偶数"10"的位置上，可情况恰恰相反，此时分针在了偶数"6"的位置上。

布朗先生从座钟上看出，此钟是分针脱落了时针，而且，时针、分针、分针是被分针指接到对方位置上来的。于是，布朗先生把分针接放回分针位置，"咔嗒嗒……"座钟再响。时针转至"12"时，座钟响了7声。再拨分针转至"6"。布朗先生确定分针作案时间是在7点30分。

33. 威狼的尖锐牙齿

布朗先生带着艾文和威狼一起出去游玩,顺路拜访了自己的邻居贝尔先生,他们正在兴致勃勃地交谈。突然,威狼叫着,冲到他们面前,嘴里还叼着一块碎布片。

威狼在前面带路,很快他们一起来到了车库。原来,有人想破坏布朗先生的车,有一个轮子已经被扎破了。

艾文说道:"一定是威狼把那个破坏车子的人赶走了!"

布朗先生说道:"不过,那个家伙已经把重要的证据落下了,

我们赶紧到街上去看看,或许还能捉到那个家伙。"

然后,他们迅速来到街上,希望找到那个人。

那个家伙真的还在街上呢。你能帮助艾文他们在人群中找到那个作案人吗?

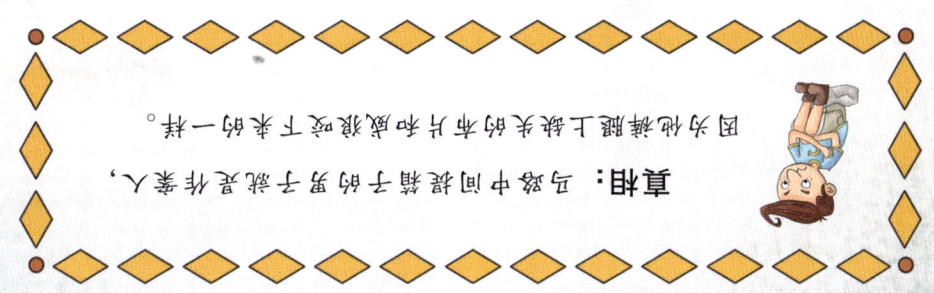

草根:乌鸦叼出来箱子的男子就是作案人,因为他嘴唇上胡子的形状和照片上的一样。

34. 谁威胁了克莱尔的鹦鹉

这天,克莱尔眼睛红肿地找到了艾文,难过而愤怒地说道:"昨天晚上,有人砸坏了我们家的玻璃,写恐吓信威胁我们家的鹦鹉!那时正是午夜十二点,一块石头砸破玻璃飞进了房间,石头上包着一张字条,上面写道:你家的鹦鹉聒噪个不停,如果你还不制止,它很快就会永远闭上嘴!

托恩先生:昨晚有点儿不舒服,八点就上床睡觉了,我什么都没有听到。

杰克夫妇:我们一直看电视看到十一点,然后就睡觉了,我们没有扔过石头。

爱德华太太：昨天我在朋友那里待到十点，回家后就上床睡觉了，到午夜时分我已经睡着两个小时了。

汤尼先生：我去参加了一个生日聚会，十一点回到家，没有注意到什么扔石头的事情。

艾文决定帮助克莱尔找出那个人，他们一起拜访了克莱尔的邻居们，并且逐个向他们提出了一个问题："昨晚有人向克莱尔家扔石头，那时，您在哪里，做什么呢？"

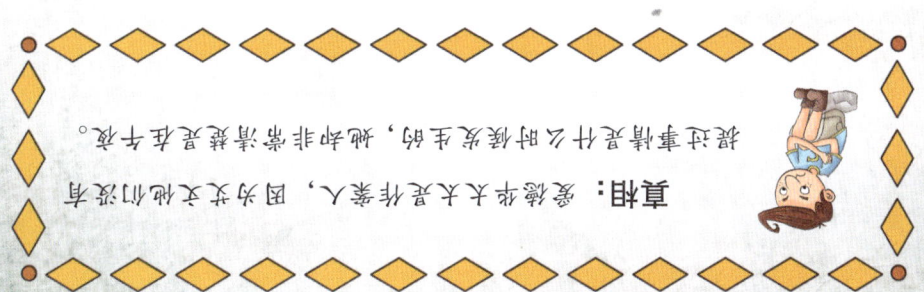

真相：爱德华太太是凶手嫌疑人，因为她不太可能说有还没有睡着什么时候睡着了的，她明显漏洞百出。

35. 为动物增加房间

　　这天，艾文非常高兴，因为爸爸、妈妈带他到动物园玩。动物园里有狮子、大象、长颈鹿等，艾文看得兴致勃勃。

　　这时候，动物园的广播里突然播出了一个消息。原来，动物园里新来了两个住客，分别是考拉和袋鼠，动物园原本只有七个用围栏围成的房间，新来的两个住客又不能和其他的动物放在一起。因为准备不足，动物园现在没有多余的围栏了，所以，园区的工作人员希望各位游客能够帮助动物园想办法，为新来的两个小动物准备两个房间。动物园将围栏的分布图显示在电子屏幕上。

　　艾文听了这个消息，非常感兴趣，他盯着电子屏幕看了一会儿，突然兴奋地说道："我知道了，我们只需要移动其中的四根围栏，就能变出九个房间了。"

　　你知道怎么移动四根围栏，让七个房间变成九个房间吗？

36. 最后的弹孔

艾文和克莱尔放学后一起走在回家的路上。

他们经过一个音像商店时,发现那里聚集着好多人,大家都在议论纷纷,原来这里刚发生了一起持枪抢劫案,两个罪犯从橱窗外开枪,打伤了老板。现在罪犯已经被警察拘捕,不过,警察正在讨论到底是谁开枪打伤了店老板。

罪犯A和B几乎是同时开的枪,各自在玻璃上留下了一个弹孔,现在可以断定是右边弹孔的子弹打伤了人,而罪犯A开枪时间比B早了一点儿。但是,警察无法确定哪个弹孔是先出现的,哪个弹孔是后出现的。

艾文和克莱尔好奇地围观着,突然,艾文灵机一动,说道:"我知道哪个弹孔是先出现的了!"

你知道吗?

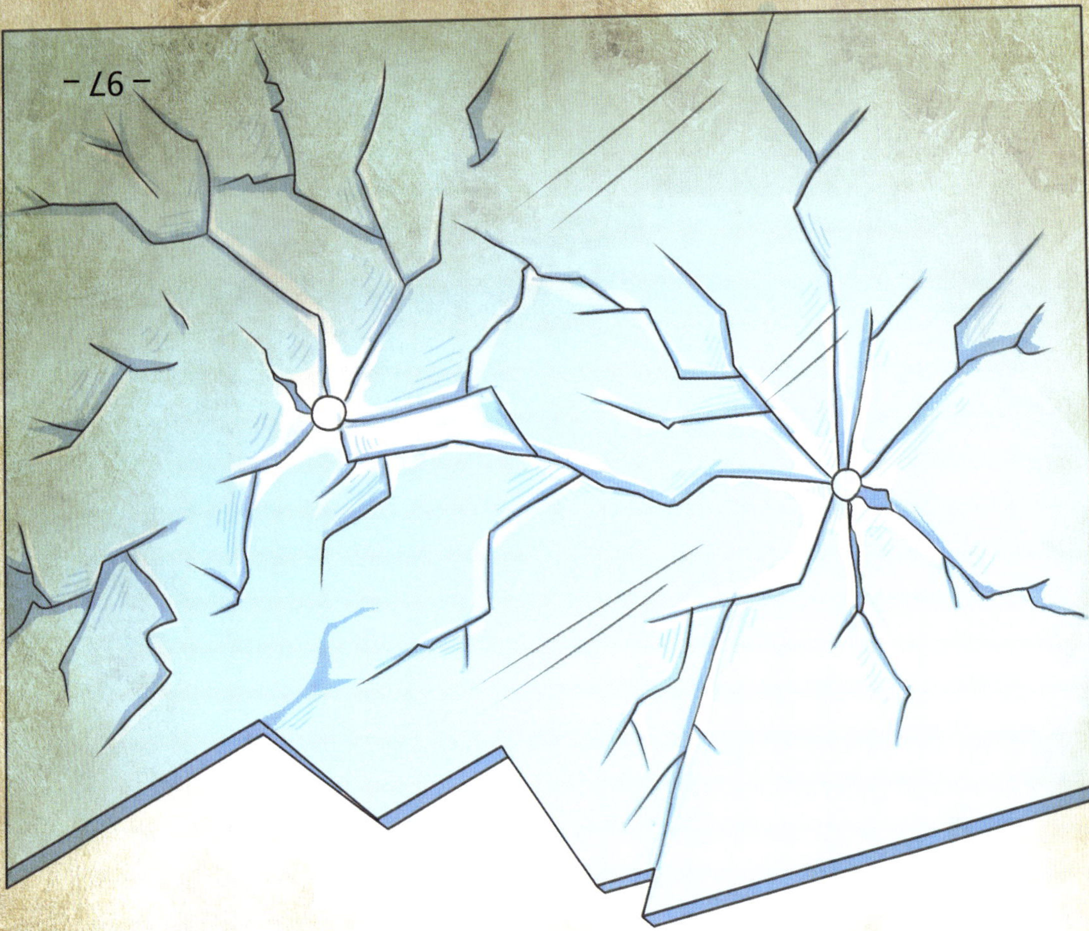

真相：左边的是先出现的。因为从图中很明显地能看出来右边裂痕的扩散受到了限制。

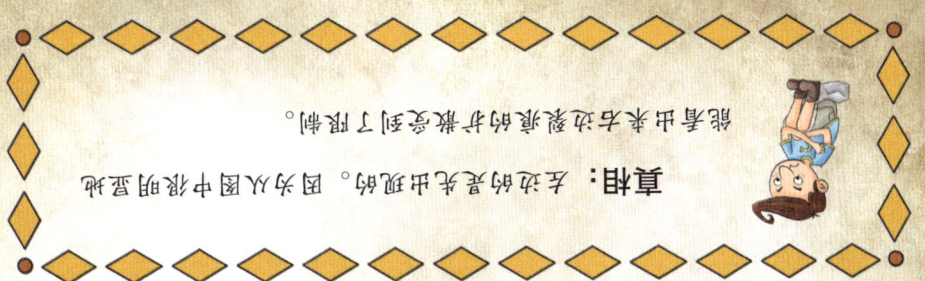

37. 画稿的错误

　　这天,克莱尔和艾文一起上绘画课,玛丽娅老师让大家每人画一幅作品。

　　大家都兴致勃勃地画了起来,然后将作品交给了老师。

　　后来,玛丽娅对同学们的画都进行了点评。其中,在克莱尔的画稿上,玛丽娅发现了几处有趣的错误。

　　她将克莱尔的画稿展示给同学们看,然后说道:"我们现在来做一个侦探小游戏,在克莱尔的这幅画里,出现了几处错误,这可以考验我们的观察能力。现在,我们来看看谁能最先指出里面的错误。"

　　你能帮克莱尔指出画中的错误之处吗?

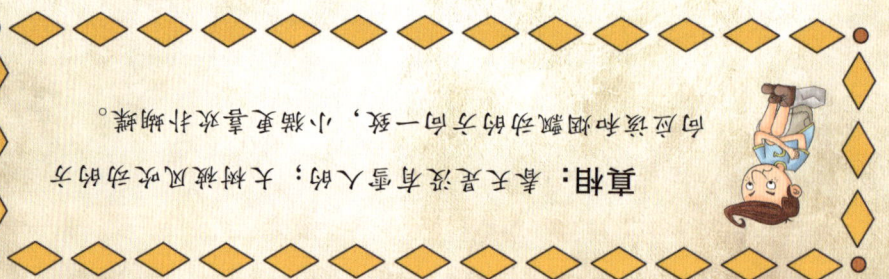

答相:草丛里是没有兔人的,天枰秤底座的形状与向日葵和西瓜的方向不一致,小猴子身上不应该有翅膀。

38. 威狼的小房子

  威狼的小房子已经有些旧了，这天布朗先生和艾文决定为威狼重新造一所新房子。

  他们一起找了许多废旧木材，兴致勃勃地做起来，威狼似乎知道了他们的想法，兴奋地围着他们摇尾巴。在艾文和布朗先生的努力下，一所漂亮的小房子很快就将造好。这时候，只剩下给房子加一块方形的地板，木材也只剩下最后一块了。不过，这块木材的形状有些奇怪，想要

把它做成方形的，似乎有些困难。布朗先生和艾文顿时有些犯愁了，他们都静静地思考起来。

突然，布朗先生高兴地说道："我知道怎么用最快、最简单的方法将它做成方形的了，我们只需要锯两次，然后把它们拼起来就可以了。"

艾文听了，想了一下，说道："我知道怎么做了，让我们马上行动吧。"

小朋友，你知道怎样锯两次，让这块木板变成方形的吗？

答案：

39. 打开木门的钥匙

伦敦市一座废弃的、正在等待拆迁重建的旧建筑里,经常会出现一些奇怪的事物。有人说,曾经在夜间看到无人居住的建筑里出现灯光。然而,这里成了艾文、克莱尔和威狼冒险的天堂。

一天傍晚,他们在这座旧建筑里找到了一扇沉重的木门,上面有四把锁,地上还散落着很多钥匙,这些钥匙分别用字母和数字标识着。

艾文仔细观察着,最后终于找到了成功打开木门的四把钥匙,你知道哪些钥匙能够打开门上的四把锁吗?

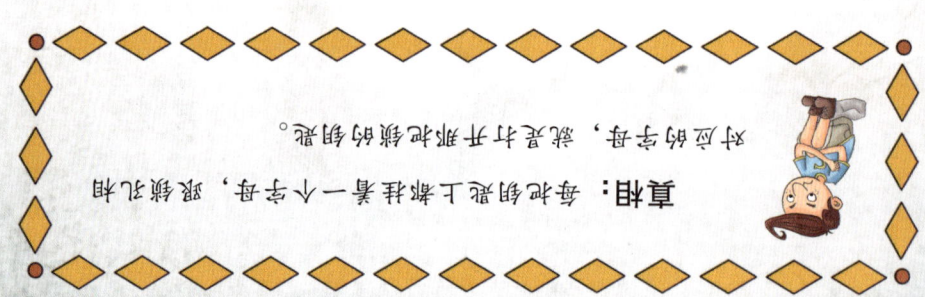

提示:每把钥匙上都有一个字母,排列起来好像拼写的字母,就是打开木门锁的钥匙。

40. 吉列的谎言

早晨六点，小镇的街上一片寂静，空无一人。今天是星期天，又是阴冷的下雨天，大人们不用上班，小孩不用上学，现在都躲在温暖的被子里，呼呼地睡大觉呢。艾文也还没起床，威狼在旁边呼呼大睡。

布朗先生驾驶着车，在大街上巡视。密密的雨滴敲打着车窗玻璃，发出"啪啪"的响声。视线变得很模糊，布朗先生打开大灯，让车缓缓地行驶着。忽然，前面十多米远的地方，一个黑影从墙角蹿出来，凭借职业敏感，布朗先生下意识地踩了一下油门，快速追了过去。

那个黑影穿过一条马路，拐进一个角落里。布朗先生刹住车，打开车门：原来是一只野狗，真是虚惊一场！他回到车里，擦了

老头儿有一个坏习惯，喜欢把金币放在口袋里，弄得叮当响，好像很有钱。我警告过他，这会招来坏人抢劫，刚才我看到他又在把口袋里的金币弄得叮当响……

擦脸上的雨水，自言自语道："真奇怪，怎么会看错了呢？"

布朗先生正要开车离开，忽然看见不远处地上还有一个黑影。不会又看错了吧？他跳下车跑过去，原来是一个老人。经过检查，发现老人已经死亡，后脑勺上有一个窟窿，从那里渗出来的血掺杂着雨水，流得满地都是。老人的外衣口袋里有一枚金币和一张纸币。说来也巧，送奶工吉列恰好路过这里，他弯腰看了老人一眼，惊叫起来："哎呀，果然出事了！"

布朗先生问道："你怎么知道他会出事？"

吉列说："老头儿有一个坏习惯，喜欢把金币放在口袋里，弄得叮当响，好像很有钱。我警告过他，这会招来坏人抢劫，刚才我看到他又在把口袋里的金币弄得叮当响……"

布朗先生打断吉列的话说："你有杀害老人的嫌疑，请上警车吧！"

布朗先生为什么怀疑吉列杀害了老人呢？

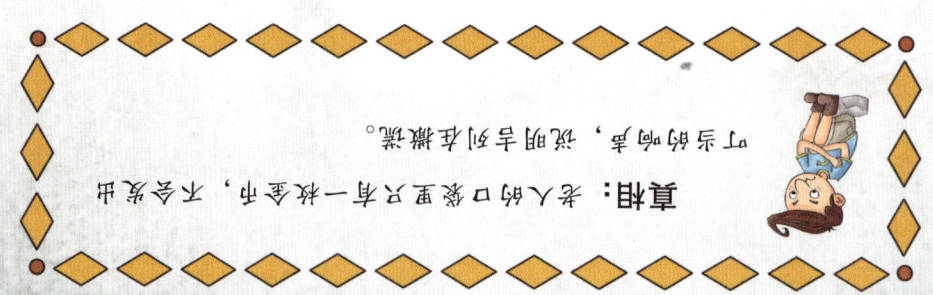

提示：老人的衣袋里有一枚金币和一张纸币，不会弄出叮当响的声音，说明吉列在撒谎。

41.克莱尔的方法

布朗先生的邻居是一位知名企业家,这一天却被发现死在自己家的花园里,是被手枪击中头部导致当场死亡的。

艾文和克莱尔正在家里给威狼洗澡,布朗先生接到电话后,他们和布朗先生一起立刻赶到了现场。但是,他们在案发现场没有找到凶器。

究竟是他杀还是自杀呢?

警察四处寻找证据断案。如果是自杀,那么手枪应该就在尸体旁边,但如果尸体旁边确实没有手枪,那多半是他杀。那么,找到手枪似乎就成了关键。

可找到手枪并不那么容易。

这时克莱尔站出来说:"不用找了,我有一个很简单的方法可以判断死者是自杀还是他杀。"

你知道这个方法是什么吗?

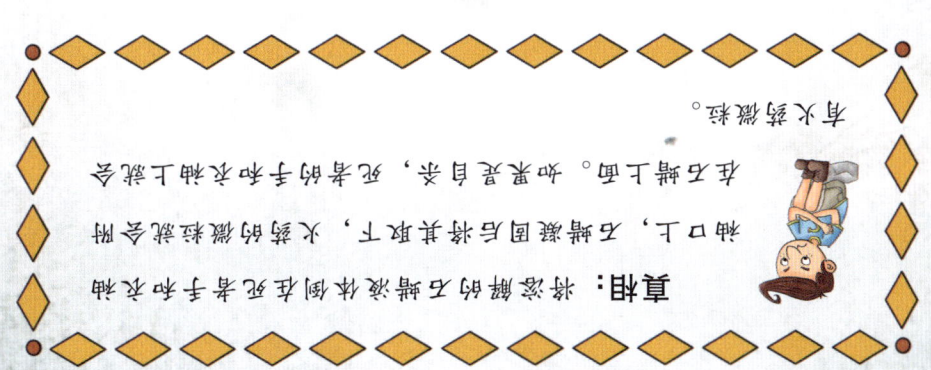

答相:检测死者的左或右手掌中是否有手枪的射击残留物,如果有,乞晴搬图片将其取下,火药的残留物就会附在纸的上面,如果没有发现火药的残留物,就证明死者是他杀。

42. 钓鱼的侦探

这天,艾文和克莱尔又聚在一起玩耍,两人开始一较高下。克莱尔说自己是最勇敢的人,艾文说自己才是,还举了一个例子:

上个周末,布朗先生带着艾文去郊区的河边钓鱼。休息的时候,布朗先生去买烟,艾文坐在河边等鱼上钩。突然,他从河面的倒影里看到有一个蒙面人,正拿着刀向他刺来,他临危不惧,在最恰当的时候,将鱼钩往后一甩,一下就钩到了那个坏人的下巴,坏人惊叫一声后逃走了。

艾文手舞足蹈地跟克莱尔描述当时的场景,克莱尔却一脸不高兴地说:"吹牛嘛,你有必要吹得这么明显吗?"艾文不由得在旁边红了脸。

克莱尔为什么说艾文是骗人的呢?

真相：一个长发飘飘的女人，给孩子钓起来一条鱼。

的阴影。

43. 遗忘的密码

布朗先生家所在的街道上,有一个独居的老妇人——爱德拉太太,她对附近的孩子们都非常慈爱,经常送糖果给孩子们吃,艾文和克莱尔都很喜欢她。

这天,艾文和克莱尔约好一起到附近的文具商店买东西,在回来的路上,路过爱德拉太太的房子时,热情的老妇人邀请他们到家中吃水果。

艾文和克莱尔一边开心地吃着新鲜的水果,一边听爱德拉太太讲起了她的烦心事。

原来,爱德拉太太因为年纪越来越大,变得特别健忘,一些东西总是放好后就找不到了。为了防止丢失重要的东西,她特意买了一个保险箱,将重要的东西放进去,保险箱需要一个六位数的密码才能打开。当时,她害怕自己忘记密码,还特意将密码放在了一个非常显眼的地方。

然而,最近她不但忘记了密码,还忘记了自己到底将密码藏在什么地方。这样一来,她无论如何都打不开保险箱了。

当时是下午四点钟左右,离回家吃晚饭的时间还早。艾文和克莱尔便仔细打量起房间,自告奋勇地想要帮爱德拉太太找回密码。

艾文突然看到了什么,眼前一亮,思索片刻后很快帮爱德拉

太太找回了密码。

你知道那个密码是什么吗?

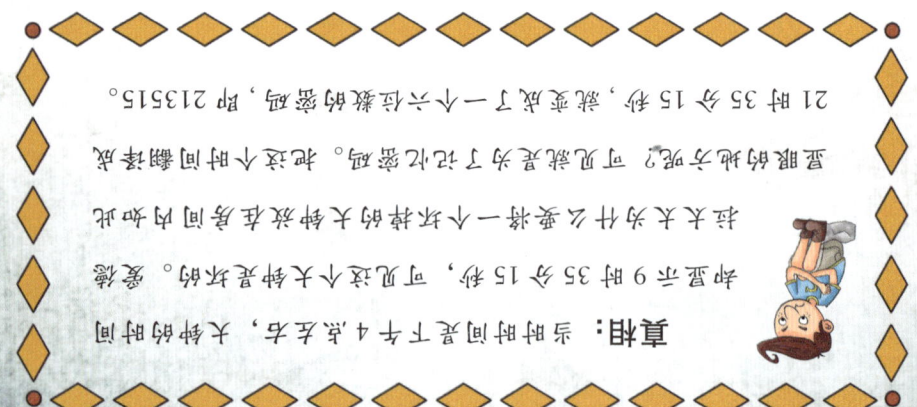

真相：密码的位数是下午4点名片上午的时间。

钟显示9时35分15秒，可现在是下午是不对的，爷爷找太太为什么这么着难一个钟表的时针都指在周内内的时，这暗示的数字呢？可以推算置于12化整数，先算小时间翻译成
21时35分15秒，就变成了一个六位数的密码，即213515。

44."杀人游戏"

一个星期六的上午,邻居托比、托马斯兄弟和克莱尔一起来到艾文家中玩耍。他们刚开始玩了一会儿扑克牌,之后托比便提议四个人一起玩"杀人游戏"。

这一局轮到艾文当警官了,他睁开眼睛,便看到托比被人"杀害"了,克莱尔和托马斯都得意洋洋地看着艾文。

艾文审视着托比,看到托比手中的扑克牌时,艾文脸上突然露出了微笑,然后他很快指出了"凶手",并向大家解释了他的判断。

克莱尔和托马斯听了艾文的分析,立刻心服口服。

你知道谁是"凶手"吗?

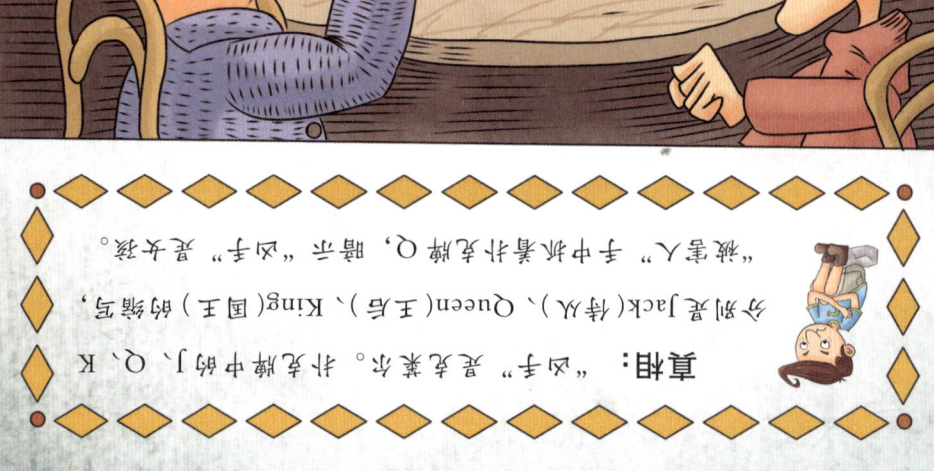

真相：

"扑克"是名美称，扑克牌中的 J、Q、K 分别是 Jack（侍从）、Queen（王后）、King（国王）的缩写，按等大人物排列。手中凡是排到有 Q，便是 "扑克"是无疑。

45. 红色小提琴

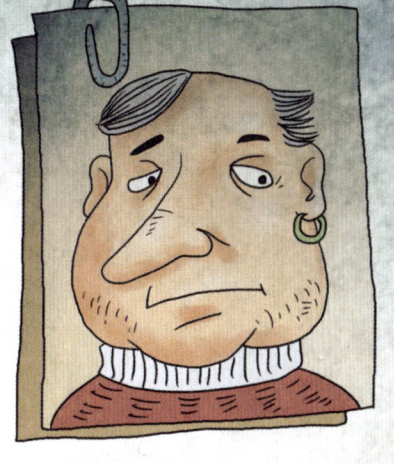

警官阿尔冯斯是布朗先生的好朋友，这天，有人打电话到阿尔冯斯的私人手机上，声称"怪盗基德"要破坏明天的音乐节，因为基德看上了伦敦第一交响乐团的那把红色小提琴。打电话的人并没有说明怪盗要怎样下手，但是阿尔冯斯知道，只要是这个怪盗想要的，他就一定能搞到手。迄今为止，这个怪盗从未失手，而且在他犯下的所有的案件里，不曾留下任何蛛丝马迹。

盛大的音乐节，不可能因为基德的威胁而停止。阿尔冯斯派出了所有的警员，在他的辖区内一定要保证音乐节顺利进行！他还专门请来了自己的好朋友布朗先生，协助他阻止怪盗的行动。

第二天，红色小提琴摆放在舞台前边，音乐会即将开场。布朗先生混入拥挤的人群，寻找可疑线索。舞台上的乐队正在做最后的准备，很快布朗先生就确定台下有一个人非常可疑，这个人极有可能就是"怪盗基德"！

你能发现什么不同寻常的地方吗？

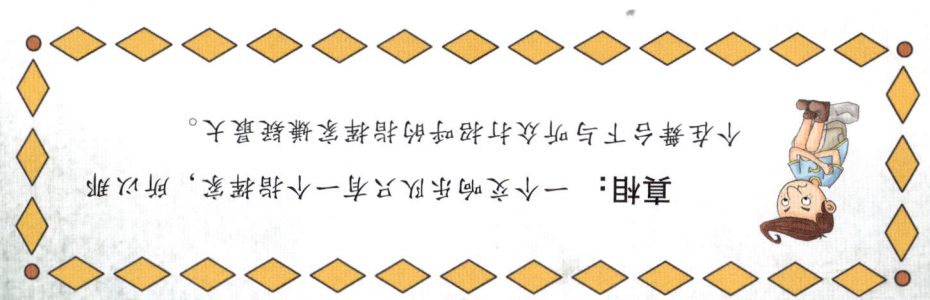

真相：一支乐队只会有一个小提琴家，所以难以解释为什么台下还有人拎着装着小提琴的箱子。

46. 威尼斯小艇

"遗失的皇冠"案件的嫌疑人杰克曼刚从国外旅游回国，就被等在机场的布朗先生和艾文拦住。当被问到他上周五有没有不在现场的证明时，他拿出一张照片递给布朗先生，并回答说："如果是星期五，我正在水都威尼斯。当时我在从西德赶往罗马的途中，在那里逗留了一夜，住在一座基督教堂附近的小旅馆里。这就是在旅馆附近拍的照片。你瞧，这是威尼斯的街道和运河，运河上还停放着一艘小游艇。"布朗先生接过照片看了一眼，什么也没有说，叫来附近巡逻的警察铐住了他。

"你凭什么抓我?我是合法公民!"杰克曼叫嚣道。

艾文接过照片,一针见血地揭穿了他的谎言:"不要再撒谎了,这是你在其他什么有运河的地方的街上拍的,绝不是在威尼斯拍的。"

那么,这张照片的问题出在哪儿呢?

提街:照片里小船的帆不能够向上飘起,说明在无风的情况下,是你了稚水。

47. 会说话的明信片

一个暑假,布朗夫妇带着艾文来到一个风景秀丽的小镇上度假,并且在镇上的一个旅馆里住了下来,旅馆的主人是泰勒夫妇。

这天下午,艾文发现房间里的水龙头坏了,便去找泰勒夫妇借工具维修。可是,他敲了很久的门,都没有人开门。这时,泰勒先生从外面回来了,他打开门一看,发现自己的妻子吞下了大量的安眠药,已经死去了。

艾文和泰勒先生迅速报了警,费斯警官很快带人赶到了现场。

费斯警官在泰勒太太的床头发现了一封遗书。泰勒先生伤心地说道:"我妻子不久前刚流过产,得了神经衰弱,最近一直在服用安眠药。我没想到她竟然会为此悲观到服用安眠药自杀。"

费斯警官勘查完现场,正要离开,这时来了一个邮差,他正要将一张明信片放入门口的信箱中,泰勒先生看见了,急忙将它接了过来,放进衣兜里。

艾文看见了，便迅速地从泰勒先生的衣兜里取出了明信片。明信片是泰勒太太出国旅游时寄回家的，没想到今天才到。艾文只看了一眼，便发现了问题。他从费斯警官手中拿过遗书，放在一起看了看，说："看来泰勒太太并不是自杀的。"

你知道艾文是怎样发现其中的破绽的吗？

48. 奇怪的眼镜

长跑运动员吉姆的冠军水晶杯在家中被盗了,那是他最喜爱的奖杯!吉姆怒气冲冲地打电话给布朗先生。

布朗先生带着艾文迅速来到现场。布朗先生冷静地观察现场后,发现了一些蛛丝马迹:被偷窃的房间里,一扇窗户被砸破了,装水晶杯的玻璃盒也被打碎了,满地都是碎玻璃,放奖杯的柜子前倒着一把椅子,椅子上面有几个脚印。

"肯定是汤姆,他一定是赌博把钱输光了,就把我的奖杯偷走给卖了。"吉姆悲伤地说,"前一天他来找我借钱,可是我没有钱借给他。"

布朗先生拍拍吉姆的肩膀,安慰他说:"不一定是汤姆,事情在没有查清楚之前,任何人都是有嫌疑的。"

没过多久,布朗先生就确定了两名主要嫌疑人,并找来了他们。其中一个是吉姆好赌成瘾的兄弟汤姆,另外一个是惹人讨厌的家伙吉普森,他还戴着一副奇怪的眼镜!艾文仔细观察了一下两人,对吉姆说出了真正的盗窃者。

你知道艾文说的盗窃者是谁吗?

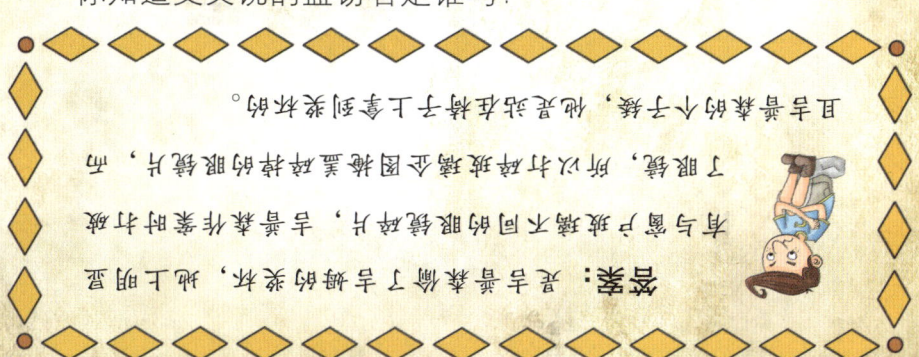

答案:盗窃者是偷了吉普森的奖杯,他戴上明显不与鼻子贴着的凹凸眼镜片,吉普森并不是近视眼,所以升起腿部正图掩盖肚皮的眼睛片,而且吉普森的个子矮,他应该是搭着上面椅子的。